**WALK THE BLUE FIELDS**

*Claire Keegan*

# 走在蓝色的田野上

〔爱尔兰〕克莱尔·吉根 著  马爱农 译

人民文学出版社

著作权合同登记号　图字 01-2017-1151

Claire Keegan
WALK THE BLUE FIELDS

Copyright © 2007 by CLAIRE KEEGAN
This edition arranged with CURTIS BROWN-U.K.
through BIG APPLE TUTTLE-MORI AGENCY, LABUAN,
MALAYSIA.
Simplified Chinese edition copyright ©
2017 Shanghai 99 Readers Culture Co. Ltd
All rights reserved.

**图书在版编目(CIP)数据**

走在蓝色的田野上/(爱尔兰)克莱尔·吉根著；
马爱农译.—北京：人民文学出版社，2017
（短经典精选）
ISBN 978-7-02-012705-4

Ⅰ．①走… Ⅱ．①克…②马… Ⅲ．①短篇小说-小
说集-爱尔兰-现代 Ⅳ．①I562.45

中国版本图书馆 CIP 数据核字(2017)第 080993 号

总　策　划：黄育海
责任编辑：叶显林　欧雪勤
封面设计：好谢翔

出版发行　人民文学出版社
社　　址　北京市朝内大街 166 号
邮政编码　100705
网　　址　http://www.rw-cn.com

印　　制　上海盛通时代印刷有限公司
经　　销　全国新华书店等

开　　本　890 毫米×1240 毫米　1/32
印　　张　6
字　　数　100 千字
版　　次　2011 年 5 月北京第 1 版
印　　次　2017 年 11 月第 1 次印刷

书　　号　978-7-02-012705-4
定　　价　39.00 元

如有印装质量问题，请与本社图书销售中心调换。电话：010-65233595

**SHORT CLASSICS**
短经典精选

献给

吉姆和克莱尔

# 目 录

001 | 漫长而痛苦的死亡
021 | 离别的礼物
034 | 走在蓝色的田野上
060 | 黑马
070 | 护林员的女儿
115 | 在水边
127 | 妥协
143 | 花楸树的夜晚

# 漫长而痛苦的死亡

凌晨三点,她总算驱车驶过那座通往阿基尔岛的桥。村庄终于出现了:渔民合作社,五金店,食品店,红砖小教堂,在昏黄的路灯下,每座房子都上着锁,四下里一片寂静。她顺着一条黑黢黢的道路往前开,路两边是高高的杜鹃花篱笆,杂乱疯长,早已过了花期。她看不到一个人,也看不到一扇亮灯的窗户,只看见几只睡熟的黑腿绵羊,后来又看见一只狐狸站在车尾灯里,一动不动,样子有点吓人。道路变得狭窄,接着,拐入了一条宽阔而空旷的大路。她感觉到了大海、沼泽;开阔而广袤的空间。杜格特的路没有明显标志,但是她很笃定地往北一拐,顺着荒无人烟的道路,驶往伯尔故居。

来的途中,她两次把车停到路肩上,闭上眼睛小睡一会儿,但是此刻,到了岛上,她感到十分清醒,精力充沛。就连这条径直坠入海滩的漆黑道路,似乎也充满了生命力。她感觉到了高高耸立、遮天蔽日的大山,光秃秃的山丘,以及在下面的道路尽头,大西洋的海浪拍打沙滩时清脆悦耳的声音。

管理员告诉她在哪儿能找到钥匙,她急切地用手在煤气罐周围摸索。钥匙链上有好几把钥匙,她挑选的第一把就打开了锁。进去后发现房子重新装修过:厨房和客厅合并,变成了一个开放式的长房间。房间一头还是那个刷成白色的壁炉,但另一头安放了新的水池和橱柜。房间中间有一个沙发、一张松木桌子和几把配套的硬椅子。她打开水龙头,烧水沏茶,用篮子里的泥炭点了一堆小火,在沙发上临时铺了个床。玻璃窗外,倒挂金钟的树篱在晨曦的微光中颤动闪耀。她脱掉衣服,躺下来,伸手拿过书,读了契诃夫一个短篇小说的开头一章。这章写得很精彩,可是她刚读完,就感到眼皮耷拉下来,她愉快地关上灯,知道明天整个儿都属于自己,工作,阅读,在路上散步,徒步去海滩。

醒来时,她隐约感觉一个梦的尾巴——如丝绸一般——悄然隐去,她睡了很长时间,睡得很沉、很满足。她把水烧开,从车里取回自己的东西。她的行李很少:几本书,几件衣服,一小箱子食物。还有几个本子,几张写了笔记的纸,上面的字迹潦草模糊。天空布满云团,但依稀可见几抹蔚蓝,预示着一个好天气。下面的大海边,一长条丝带般的海水掀起透明闪亮的海浪,在海滩上摔得粉碎。她渴望阅读,渴望工作。她觉得自己可以接连几天坐在这里,阅读,工作,什么人也不见。她在思考手头的作品,琢磨着应该怎么开头，突然，电话响了。响过几声后沉默下来，接着又响。她伸手去拿话筒，与其说是为了接听，不如说是为了让它不要再响。

"喂？"一个带口音的男人说，"我是……"报出了一个外国名字。

"什么？"

"管事的说你住在这儿。我是德语文学教授。"

"噢。"她说。

"我可以看看房子吗？管事的说你会让我看的。"

"说实在的，"她说，"我没有——"

"噢，你在工作吗？"

"工作？"她说，"我在工作，是的。"

"真的吗？"他说。

"我刚搬过来。"她说。

"我跟管事的谈过了，他说你会让我看的。眼下我就站在伯尔故居的外面呢。"

她转向窗户，顺手从纸箱里拿了一个青苹果。

"我还没穿好衣服，"她说，"而且我在工作。"

"真是打扰你了。"他说。

她看着水池里。不锈钢反射着晨光。"你能改天再来吗？"她说，"星期六怎么样？"

"星期六，"他说，"我就走了。我得离开，但是眼下我就站在伯尔故居的外面呢。"

她穿着睡衣站在那儿，手里拿着苹果，考虑着这个站在外面的男人。"今天晚上你还在吗？"

"在，"他说，"今天晚上你合适吗？"

"如果你八点钟来，"她说，"我会等你。"

"我必须那时候再来一趟？"

"是的，"她说，"你必须再来一趟。"

说完她就把电话挂断了。她看着话筒，不明白刚才为什么把它拿起来，不明白他们为什么要把号码告诉别人。这里竟然有电话号码，她为此生了一会儿闷气。这刚刚开始的一天，本来是个好日子，现在仍是个好日子，但是有了变化。既然她定了一个时间，那么从某种意义上说，这一天就只能朝着德国人来访的方向推进了。她走进浴室，刷牙，心里想着站在外面的他。她可以迅速换掉睡衣，出去叫他进来，那么这一天便又会重新属于她。然而，她坐在炉火边，捅了捅炉栅里的炉灰，盯着壁炉架上的一个玻璃大水罐出神。她要走到海边去，从树篱上摘一些倒挂金钟，在他到来前给水罐里插满那些悬挂的红花。她要好好地洗一个澡。她寻找手表，过了好几分钟才找到，在昨天穿的那条牛仔裤口袋里。她盯着白色表盘看了整整一分钟。表上显示，她的三十九岁生日刚过中午。

她迅速站起身，走进伯尔的书房，这小房间里有一个废弃的壁炉，还有一扇面朝大海的窗户。就在这个房间里，伯尔写了如今已名闻遐迩的那部日记①，但那已是五十年前的事了。伯尔死后，他的家人把这座房子留作了作家的创作基地。现在，她要在这里住两个星期，潜心写作。她用一块湿布擦了擦书桌，把笔记本、辞典、稿纸和钢笔都放在桌面上。万事俱备，现在只缺咖啡了。她走到厨房，在那箱食物里寻找。她又花了一些时间查看橱柜，但没有找到咖啡。她还需要牛奶——牛奶很快就要喝完了——但是她一心只想投入工作。她一边这么想着，一边拿起钥匙，开车上路，到村子里去。

她在村里没有耽搁，买了咖啡、牛奶、引火物、一种蛋糕粉、一品脱奶油，还买了报纸。她顺着原路返回时，太阳火辣辣的，因此她没有直接回家，而是往南拐入了大西洋车道。这里没有什么住宅，也几乎看不见一簇灌木。她想象着冬天住在这个地方会是什么感觉：大风挟裹着沙子吹过海滩，猛烈地劈砍那些树篱；无情的暴雨，海鸥凄冷的尖叫——想象着一旦冬天终于过去，一切会发生怎样戏剧性的改变。路边，一只胖乎乎的小母鸡目不斜视地往前走，

---

① 指德国作家、1972年诺贝尔文学奖获得者海因里希·伯尔（1917—1985）的重要游记《爱尔兰日记》。

伸着脑袋,脚奋力地攀上那些石子。一只多么漂亮的母鸡啊,羽毛边缘是白色的,就好像它在走出家门前给自己扑了粉。它跳到草地边,既不往左看也不往右看,径直冲过马路,然后停住脚,重新调整一下翅膀,撒腿朝悬崖那儿奔去。女人注视着母鸡埋头冲到悬崖边,毫不犹豫地纵身跃过悬崖。女人停住车,朝母鸡坠落的那个地点走去。她隐隐约约不想从悬崖边往下看,但还是看了,发现那只母鸡和几个同伴一起,在稍稍下面一点的草坡上的一个沙坑里,或用爪子刨土,或懒洋洋地躺着。

她在那里站了一会儿,看着这一幕,觉得很有趣,然后放眼眺望大海。在辽阔蔚蓝的天空下,大海是那么辽阔、那么蔚蓝。前面远远的有个小湾,里面是一池清澈的、幽深的海水,边缘紧贴着一道白色悬崖的底部。她离开汽车,循着一条羊肠小道朝小湾走去,然而小道消失了,下坡路变得很陡,令人十分恐惧。她站住脚,这儿能把一切尽收眼底:那一池幽深的海水,水面下的礁石和纠结的黑色水草。她返身顺坡而上,走到小湾的另一边,发现了另一条小道,通往下面一条从沼泽流出的淡盐水小溪。她小心翼翼地踏着那些褐色的石板,顺着湿滑的小路,终于来到了白色阳光照耀下的小湾。

细细的砾石被高高的浪头冲起,但她的周围是一层层亮晶晶的、被漂白的石子。她从没见过这么美丽的石子,每次她移动时它们都在她脚下像陶器一般叮当作响。她真想知道它们在这里躺了多久,是什么种类的石头——但这重要吗？此时此刻,它们在这里,她也在这里。她环顾四周,没有看见一个人,便脱去衣服,笨拙地踏着水边那些粗糙、潮湿的石子往前走。海水比她想象的温暖多了。她在水里趟着走,后来海水突然变深,她感觉水草贴在她腿上,黏糊糊的,令人亢奋。水齐到胸口时,她深深吸了口气,仰面朝天,游了出去。她告诉自己,这才是她,此时此刻,应该做的事情,应该过的生活。她看着地平线,发现自己在默默感谢某种她并不真正相信的东西。

她游到了水域变宽、小湾融入大海的地方。她从未置身于这么深的海水。继续往前游的渴望那么强烈,但是她拼命克制着,顺水漂浮了一阵,就游回岸边,躺在那些温暖的石子上。她躺在那儿,觉得高处的悬崖上似乎有个身影,但是在阳光里看不真切。她躺在那儿,直到皮肤被晒干,然后迅速穿上衣服,顺着那条陡峭的小路,走回到汽车边。

回到房子里,她一边思忖着工作,一边烤了一块黑色的巧克力蛋糕。蛋糕并非完全自制,而是有现成的蛋糕粉。她只需要加入鸡蛋、油和水。她搅拌面糊,把它倒进一个罐子,大脑的某一部分又被德国人来访的事占据。一时间,她猜想那个人是什么模样,身材有多高。他说不定还能说一些关于海因里希·伯尔的趣闻轶事呢。

她觉得心中一片茫然，微微有些羞愧，住着这位作家的房子，却对他几乎一无所知。

四点钟，她顺着小路，经过新教教堂，朝海边走去。那儿有一所小学，只有一个房间，操场上满是枯死的、毛蓬蓬的蓟花。她站在那儿，突然一阵风吹过大地，几株蓟花的冠毛被风吹散，从她眼前飘过。她继续朝小路尽头走去，那里簇拥着几座不起眼的度假屋，里面没有住人，放炉灰的桶被风吹得干干净净。下面的海边比较冷，于是她转身，返回山丘上，一边走，一边把倒挂金钟从树篱上打下来。几根细细的枝条轻轻一碰就断，发出清脆的折断声；另一些枝条则很顽固，她不得不用手把它们拧断。她喜欢这些鲜红色的、倒挂着的花，喜欢这些硬硬的、带锯齿的叶子。返回房屋时，她停下来看了看那块牌子：**请尊重此处居住的艺术家的隐私**。她站立片刻，看着那一行字，然后走进院子，关上院门，把那些绵羊关在外面。

进了屋，她往那个大玻璃罐里注满水，把倒挂金钟随意地摆放在厨房的桌子上。她用切片的西红柿和奶酪给自己做了简单的晚餐，就着昨天剩的面包和一杯红酒慢慢吃下。盘子洗干净收了起来，她点燃炉火，又看起了契诃夫的小说。

小说讲的是一个女人，她的未婚夫没有正经工作，据说是个搞音乐的。她读到这个男人把未婚妻带回家准备一起生活，向她介绍每一个房间。男人在阁楼上放了一缸水，卧室里还有一个能接冷水的水池。墙上有个镀金的画框，画面上是一个裸体女人和一个紫色的水罐，罐子的一个柄断了。这幅画上的某种东西让未来的新娘感到恶心，她觉得自己随时都会忍不住哭出来，或者跳窗逃走。此刻，这个故事里不知怎的使女人想起了她人生的另一个时期，那时她正陷入失恋，那个男人经常说些言不由衷的话，似乎只需嘴上说说就会变成现实，抑或说话能够掩盖虚妄的事实。

"我爱你。"他经常这么说。"我愿意为你做任何事情。"他还经常这么说。

有一次，他们准备出门，她把头发梳上去，松松地别在头顶，并挑了一件天鹅绒长裙。那时候她二十多岁，比现在瘦。"我喜欢你这样。"那天晚上，那个已经分手的男人这么说，然而她知道这不是实话；他更喜欢她穿短裙和高跟鞋，头发披散下来，嘴唇涂成红色。

此刻，她一边想着那个男人，一边放洗澡水，水蒸气从敞开的窗户飘出去。

"你有什么舍不得给我的吗？"有一次她问。

"没有，"他立刻回答，"什么都舍得。"

不知为什么，她一直盯着他看，一直等着。

"好吧，"他说，清了清嗓子，"也许是土地吧。我舍不得把土地给你。"

而土地,她一直都知道,是他唯一在乎的东西。

此刻,她往热水里倒了几滴玫瑰精油,又仿佛看见了契诃夫小说里的那个女人,体会到男主角看见水流进卧室那个水池时的喜悦。她拿起书,找到先前读的那页,躺在浴缸里,细细地读完故事的最后一句。她这才知道,女人并没有嫁给未婚夫,而是去了圣彼得堡上大学。她回到家乡时,当地的男孩子们隔着栅栏大声奚落她,"未婚妻!未婚妻!"但她根本不予理会。最后,她再一次告别家人,兴高采烈地返回了城里。

此刻,她仰面躺在渐渐冷却的浴缸里,透过敞开的窗户往外看。窗外是一片蓝色的天空和一座光秃秃的山丘。

"我三十九岁了。"她说,在铺着瓷砖的浴室里,这声音显得荒唐而刺耳。


七点钟,她产生了强烈的写作冲动,但告诉自己不能这么做,因为德国人要来。可能她刚开始写,就要渐入佳境时,德国人来了,然后她的工作就会被打断,她就不得不停下来。而一旦动笔写了,她是不愿意停下来的。

她照了照镜子,把头发松松地别在头顶,穿好衣服。在开放式的房间里，她给炉火加了泥炭，搅打了奶油。然后她拿着一个碗出门，绕到房子旁边，采摘荆棘上的黑莓。碗里装满后，她放眼眺望山丘之上。她从没见过这么洁白的云，紧紧地互相簇拥着，就好像山丘刚才着了火，此刻火已熄灭，正在冒烟。她把黑莓洗净，加糖捣碎，填进蛋糕里。蛋糕放在厨房的桌子上，她觉得很漂亮。她拿出白色的茶杯和杯托，拿出小盘子、勺子和两把叉子。

敲门声响起时，她站在房子里别人看不见的地方听着。他再次敲门。她让他又敲了一次，然后走到门口，把门打开。门外站着一个矮个子的中年男人，穿着条纹衬衫和宽松卡其布裤子。他的头发浓密花白，脖子上有一根长链子，上面拴着一个大大的装饰性十字架。

"你好。"她说，向他伸出手去。

"谢谢你，"他说，"真是太打扰了。"

"没关系，"她说，"不麻烦。一点儿也不麻烦。"

"真的吗？"他说。

"当然，"她说，"没什么麻烦的。"

她开始三言两语地告诉他，关于这个房间她所知道的有限的一点情况，但是他并没有准备听。他举起一只手，然后从他的小包里掏出装半升的一瓶君度甜酒，瓶子外面包着免税商店里可见的那种白色保护网。

"不成敬意。"他说。

"太感谢了。"她接过瓶子,看了看,放在桌子上的蛋糕旁边。

"你还费了这么多事。"男人看着蛋糕说。

"没有什么。"她说,同时心里暗自猜想如果不给他吃,他会有何反应。"房子的这一部分是旧的,"她说,"另外一部分是后来建的。"

他草草地看了一眼房间:墙,泥炭,壁炉上的画,倒挂金钟。他似乎对这个房间没有丝毫的兴趣,她怀疑这些东西他以前都见过。当她领他去看伯尔的书房时,他看着窗外渐渐降临的夜色。

"那么,这就是那扇著名的窗户。"

"是的,下面就是大海。"她指点着玻璃窗外。

他扫了一眼伯尔的画像,扫了一眼挂在墙上的裱好的信。他扫了一眼她的笔记本,她摊在桌上的那些纸,然后跟着她穿过走廊,经过其他房间。他打量那些房间的神情,就像人们打量完全空无一物的房间一样。在最后一个房间里,窗户下面放着一条木头长凳。她喜欢长凳放在这儿,喜欢它这种质朴的、工作着的感觉。这是房间的油漆匠偶尔使用的。凳子上放着几个玻璃罐。一把折叠椅上溅了红漆。有一辆山地自行车靠在对面墙上,后轮胎已经瘪了。

"这辆车你骑的?"他的口气几乎是指责的。

"我根本不知道它在这儿。"她说,"是本来就在这座房子里的。"

这时,他倚靠在门框上,叹了口气。她这才发现他的头发是湿的,猜想他是不是游泳来着。她猜想,自己在下面的小湾时,站在悬崖上的那个身影可能就是他。

"那么,你是一位文学教授。"她语速很快地说。

"以前是教授,"他说,"现在退休了。"

"你想念教书吗?"

"那是很久以前了。"他说,一边摸着他的小皮包,"你在这儿写作? 你在工作?"

"是的。"她说,"你呢? 你写作吗?"

"我已经体力不济,写不动了。"他说,"时光流逝啊。"

听他说话的口气,她怀疑他是不是患了绝症。她在他脸上寻找重病的迹象,但没有找到。他有一张健康的脸,一双怒气冲冲的蓝眼睛。

"你写什么?"她说。

"噢,小东西,短篇。"他说。

"短篇小说?"

"不,不,"他不屑地说,"比那个长,但我没有时间。每件事情都太花时间。"

"明白了。"她说。

"许多人都想上这儿来,"他说,"我见过那些申请。"他张开两个手臂,从一只手看向另一只手,然后看着两只手之间的空当。"许多、许多的申请。"

"我很幸运,我知道。"她说,后退着返回开放式房间,他紧紧跟在后面。

炉火已经烧得通红,这个开放式房间比房子的其他地方暖和。教授自说自话地坐下来——她本来以为那是她自己的座位,把托盘上倒扣的茶杯摆正。她又往炉子里添了一些泥炭,内心巴不得赶紧躺下来睡觉。

"你喝点什么吧?"她说。

"不,不,"他说,"还得开车呢。"他看着那些野花。

"那就喝点茶?"

"实在太麻烦你了。"

"一点也不麻烦。"

她对这句话感到厌倦,懒于说出口,也懒于听见他说。她沏茶,拿出牛奶和糖,从蛋糕上切下一大块。她把蛋糕端到他面前,他露出微笑。

"这是你做的?"

"是的,"她说,"是我做的。"

他皱起眉头，咬了一口，又咬了一口，当她坐下时，他那块蛋糕已经吃光了。她又给他切了一块，他也吃了，还喝了加入大量牛奶和糖的茶。

"爱尔兰变得不一样了，"他说，"过去这儿的人穷，但感到很满足。"

"你认为穷人可能感到满足吗？"

他把肩膀耸起又落下，一种小孩子的反应。他既不能够挑起谈话，又不甘于保持沉默。她想，他至少可以聊聊天，而在她看来，聊天是所有精彩对话的开始。她担心他是不是真的病了，是不是命在旦夕。她想象着他躺在床上奄奄一息，但她内心并无丝毫同情。

"我们穷的时间不短了。"她这时说道。

"你是天主教徒？"他说。

"我在天主教环境中成长。"

"现在呢？ 你相信吗？"

"现在我不知道自己相信什么。"她简单地说。

"我以前也跟你一样，"他说，"没有信仰，但后来我找到了自己的信仰。"

他说这话时，她看着他。她看着他脖子上挂的十字架。她看着剩下的蛋糕，想着自己做这蛋糕花了多少时间。

"许多人都想来这儿工作。"他说。

"现在人们可以在这儿工作了,"她说,"不久以前,这儿根本找不到工作。"

"不。"他说,用一根手指敲了敲厨房桌子。"在这儿工作,"他说,"在这座房子里。"

"噢,"她说,"是的。"

"许多人。"他说。

沉默被拉长,变得坚硬。她不知道他到底想要什么。他牢牢地盯着她,等她回答。

"那么,他们肯定把机会给了长得好看的申请人。"她笑着说。

"你是这么想的?"他皱着眉头,看着她的脸。他把她的脸仔细端详一番,然后摇摇头。"不,"他说,"你应该看看我的妻子。我妻子当年很美丽。"

接下来他就会开始谈论他的妻子,讲述整个故事,但是她慢慢伸手拿过他的杯子和盘子,放进水池,放水浇在上面。她把盘子和茶杯冲干净,摆放在洗碗机里,虽然里面连一半都没放满,但她关上洗碗机的门,打开了电源。然后她用湿布擦了擦操作台,站在水池边,不再说话。他似乎不愿意离开,但肯定意识到她不希望他再逗留了。她靠在操作台上,叠起双臂,不再试图展开对话。她就那样站着,后来觉得再站下去就难受了,才见他终于起身。

他们慢慢朝门口走去。她打开门闩时,突然有一种奇怪的想法,担心他会把她锁在门外,于是让他先出去,自己跟在后面。到了外面,夜幕迅速降临,倒挂金钟的树篱又在晚风中华丽地颤抖。她陪他穿过院门,感觉到他似乎想说些什么。她站在门边,他挨着她站在路上。她注视着他从小包里拿出钥匙。她等他说话。他们能听见下面海浪陡然拍岸的声音。浪花在海滩上砸碎三次后,他开口了。

"那些人——哪怕是那些会议上的德国人,"他说,"我们也不能互相理解。"

"是吗?"

"都是……圈子里的话。无所谓啦。因为我们不会写作,而你,一位作家,住在海因里希·伯尔的故居,却在做蛋糕。"

她倒吸一口气。"什么?"

"你来到这座海因里希·伯尔的故居,做蛋糕,脱光衣服游泳!"

"你在说什么?"

"我每年都来,总是老样子:人们大中午的穿着睡衣闲逛,骑着那辆自行车去酒馆!"

这时她听见了自己的声音,她已然放声大笑。

"你对海因里希·伯尔一无所知!"他大声说,"你不知道海因里希·伯尔拿了诺贝尔文学奖吗?"

"我认为你应该走了。"她说,回身穿过院门,把插销牢牢地插好。现在,她站在院子里,注视着他。她看见他气呼呼地在路上跳着脚走,发现他比自己以为的年轻一些,她再也听不懂一个字了,因为他现在说的是德语。她站在那儿注视着教授在公路上跳着脚走,然后她迈着无比轻快的脚步,顺着水泥小径走回来,进了屋里。

一个多么讨厌的男人! 一个多么讨厌、多么不快乐的男人,她一边锁门一边想道。他没脑子吗? 想想吧,她还费了那么多功夫……她看着蛋糕,真想把它随他一起扔出窗外。然而,她还是把它放进冰箱,给自己倒了一杯红酒。

她其实并不想喝红酒。她也不想坐在这房子里,可是除此之外还能做什么呢? 最后,她三口两口喝掉红酒,又往炉火里扔了几块泥炭。她稍微平静了一点,打开报纸,只为了转移自己的思路,想点别的事情。我们的体制在分手的夫妻间制造恐惧和厌憎,珍妮·谢里丹写道。就在这个星期,百分之八十的爱尔兰农夫表示赞成合法的婚前协议,防止他们的妻子对他们的土地拥有任何权利。她看看报纸日期,关了灯,在火光中躺下。她做了几个深呼吸,让许多事情在脑海中慢慢闪过。她想起了以前认识的那些男人,他们怎样求婚,她怎样每次都答应,最后却一个都没嫁。现在,她觉得自己没有嫁给那些男人真是天大的幸运，并为自己曾经说过想嫁而感到有些奇怪。她翻了个身，听见风在吹动房子周围的树篱。今晚她曾期待过——或需要过什么呢？ 今晚她所需要的，不过是每个女人偶尔都需要的：一句赞美——一句厚颜无耻的谎言，仅此而已。她犯了这个愚蠢的错误，竟然眼巴巴地渴求赞美，她这么大年纪的女人。难道一点教训都没吸取吗？ 她在这件事上思索了很长时间，然后努力让自己睡着，最后无奈地起身，烧水煮咖啡。

她走进伯尔的书房时，时间已经很晚了。又是一天即将过去，而她发现自己坐在书桌前，透过那扇著名的窗户望着外面。外面有一片大海、一座高山，和一些光秃秃的山丘。她看着桌上的纸，读了读上面的文字，然后把它们放到一边。钢笔帽不灵活，但总算拔出来了，她摊开了笔记本。这是一个崭新的笔记本，乳白色的纸页用线缝在一起，她把笔尖竖在纸上时，才发现自己的手在发抖。

阿基尔岛，她写道，接着是日期。她停住了，开始想自己在生日这天做了什么：凌晨三点驱车过桥；那些杜鹃花篱笆都长野了，过了花期。她想起那只胖乎乎的母鸡纵身从悬崖边跳出去，便会心地大笑起来，开始叙述那只母鸡过马路。她还开始描写白色的石子和温暖的海水。写着写着，她意识到，涨潮时，那些滚烫的石子肯定把潮水也烤热了。她写到躺在石子上的感觉，写到双脚踩在石子上时发出的声音。她想到悬崖上的德国人，想象着那会是什么样子。在这个漫漫长夜,她几次想到契诃夫笔下那个终生未嫁的既无忧无虑、又复杂难懂的女主人公,想到德国教授说那么多人渴望住到这儿来,还想到他那么贪婪地吃着她的蛋糕。她想到他的脾气,然后开始想象他妻子和他在一起过的那种生活。有一次,她抬起眼睛,看见日光洒满大地。这日光使她一时间极度地渴望睡眠,然而她不能停笔。她刚给他起了名字,定了癌症,正在详细描述他的病痛。写着写着,太阳升起来了。坐在这里,描写一个病人,感觉到太阳正在冉冉升起,这感觉非常美妙。后来,她感到新一轮困意袭来,但拼命克制着,继续埋头写作,写了一页又一页。她已经在时间和地点上有了切口,往里注入了一种气氛,还有渴望。在这些纸上,有土地,有火,有水;有一个男人、一个女人,还有人的孤独。这次写作有某种本质的、朴素的东西。这个时候,她笔下的主人公已经丧失食欲,她正在介绍他的那些亲戚,起草他的遗嘱。她用好几段文字讲述他那美丽的妻子给他端来肉汤,写到这里,她意识到自己饿了。她看着窗外,在颤抖的树篱外面,晨光映照着那条小路,她知道又错过了睡眠时间。她把水壶放在炉子上烧开,伸手到冰箱里取出蛋糕。她伸了个懒腰,知道自己正在为他漫长而痛苦的死亡做准备。

## 离别的礼物

阳光照到梳妆台的脚上时，你起床，又检查了一遍行李箱。纽约很热，但冬天也许会变冷。那些矮脚公鸡一早上都在打鸣。这种事情你是不会怀念的。你必须穿好衣服去洗漱，把鞋子擦亮。门外，田野白茫茫的，像纸一样，上面凝着露珠。过不了多久，太阳就会把露珠烤干。这是一个晴朗的日子，适合晒干草。

母亲在自己的卧室里搬东搬西，把那些柜门开了又关，关了又开。你暗想，不知道你走了之后她会怎么样。其实你心里并不在意。她隔着门跟你说话。

"你吃个煮鸡蛋吧？"

"不了，谢谢你，妈妈。"

"你吃点什么吧？"

"待会儿，也许吧。"

"我给你煮个鸡蛋吧。"

楼下，水倒进锅里，插销又插上了。你听见狗跑进来，百叶窗卷了上去。你总是更喜欢夏天的这所房子：在厨房里感觉很凉爽，后门开着，雨后有一股黑色桂竹香的芬芳。

你在浴室刷牙。镜子上的螺丝生锈了，镜面模糊不清。你看着镜子里的自己，知道你没有拿到毕业证书。最后一门考的是历史，你把年代都搞混了。你弄不清那些战争和国王。英语考得更糟。你试着解释那个关于舞蹈和舞蹈家的句子。

你回到卧室，拿出护照。照片上的你看着很陌生，一脸茫然。机票上说你将于十二点二十五分到达肯尼迪机场，几乎跟你离开的时间一样。你最后又看了一眼你的房间：墙上贴着玫瑰花的黄色墙纸；高高的天花板上，石棉瓦掉落的地方污渍斑斑；电暖器的电线像尾巴一样，从床底下甩出来。这里本来是顶层的一个开间，尤金给它改头换面，请来工匠，搭了这个隔间，安上了门。你还记得尤金把钥匙给你的情景，当时那对你来说多么重要啊。

楼下，母亲站在煤气灶旁，等着锅里的水烧开。你站在门口，朝外张望。已经好多天没有下雨了，从院子里接出来的水管子只能断断续续地滴水。旁边的田地里飘来干草的清香。露水一干，拉德兄弟就会出来，在草地上翻动一排排干草，趁着天好把它们储存起来。打包机漏下的碎草，他们会用干草叉捡拾起来。拉德太太会把酒瓶和沙拉端出来。他们便会靠在一包包干草上，尽情地吃喝。笑声一直传到马路上，那么清脆，像鸟儿在水面上欢叫。

"又是一个好天。"你觉得需要说话。

母亲嗓子里发出一点类似动物的声音。你转脸看她。她用手背擦着眼睛。她从来不允许自己掉眼泪。

"尤金起来了吗?"她说。

"不知道。我没有听见他的声音。"

"我去把他叫醒。"

快到六点了。离动身还有一个小时。水开了,你过去把火苗旋小。锅里,三个鸡蛋互相碰撞。一个裂了,细细的一道白缝,冒着热气。你把煤气关了。你不喜欢鸡蛋煮硬。

尤金下来了,穿着星期天的衣服。他看上去很疲倦,跟平常的样子没什么区别。

"嗨,小妹,"他说,"你都弄好了?"

"弄好了。"

"机票什么的都带上了?"

"带了。"

母亲把杯子和盘子端出来,从面包上切了四分之一。刀子旧了,刀刃上有几个缺口。你吃面包,喝茶,心里想着美国人早饭吃什么。尤金把鸡蛋剥开,在面包上抹了黄油,跟几只狗一起分吃。谁也没有说话。钟敲响六点的时候,尤金伸手去拿帽子。

"院子里我还有点活儿要干,"他说,"很快就完。"

"没关系。"

"你可得准时动身，"母亲说，"可别半路上扎了轮胎。"

你把脏盘子放在滴水板上。你没有话要对母亲说。如果开口，你就会说出一些不合适的话，而你不愿意事情这样收场。你上了楼，但不想再回房间。你站在楼梯平台上。他们在厨房里开始说话，你听不清他们在说什么。一只麻雀飞到窗台上，啄着自己的影子，嘴巴嗒嗒地敲着玻璃。你注视着它，直到再也无法注视，然后它就飞走了。

母亲不愿意家里人口太多。她有时候发脾气，就跟你说要把你放在一个桶里淹死。小时候，你想象着被强行带到斯莱尼河边，放进一只桶里，然后桶从岸上扔到河里，随波逐流，最后沉没。后来你长大了一些，知道这只是一种比喻的说法，那时候你认为这么说话是很可怕的。有时候人就会说一些可怕的话。

大姐被送到爱尔兰最好的寄宿学校，后来成为一名教师。尤金在学校里很有天赋，可是刚满十四岁，你父亲就把他硬拉回来，去地里干活。那些照片上，大孩子们都穿戴整齐：丝带，短裤，明亮的太阳照着他们的眼睛。后面的孩子则是来就来了，任其自生自长，供其吃饱穿暖，然后送进寄宿学校。有时候，他们回来过法定假期。他们带着礼物，和一种很快就消失的乐观情绪。你可以看到，他们回忆起一切，回忆起那种生活，当父亲的影子出现在地板上时，他们便都变得拘谨死板。走的时候，他们觉得被治愈了，急不可待地想离开。

一直没有轮到你去上寄宿学校。那个时候，父亲发现让女儿受教育毫无意义。你总会离开，让另一个男人享受你的教育带来的好处。如果上私立走读学校，你就能给家里帮一把手，在院子里干点儿活。父亲搬到了另一个房间，你母亲总是在他生日时跟他做爱。母亲去他的房间，他们就在那里求欢。时间总是不长，而且从不发出声音，但你就是知道。后来，连这也停了，你被打发过去，陪你父亲睡觉。大概一个月一次，总是在尤金出去的时候。

起初你是心甘情愿地去的，穿着睡衣走过楼梯平台，把脑袋埋进父亲怀里。他陪你玩，夸奖你，对你说你有脑子，说你是最聪明的孩子。他总是把胳膊放在你的脖子底下，那只可怕的手伸到衣服里面，脱掉内衣，那因为挤奶而格外有力的手，寻找到你。那只疯狂的手开始鼓捣他自己，直到发出呻吟，然后他叫你把床单拉过来，说你如果想走，就可以走了。最后是那个强制性的接吻，胡子茬，呼吸里一股烟味。有时候他给你一支香烟，你可以躺在他身边抽烟，假装你是别的什么人。完事后，你走进浴室清洗，对自己说这不算什么，希望水是烫的。

此刻，你站在楼梯平台上，努力回忆幸福的感觉，一个美好的日子，一个夜晚，一句友善的话。应该寻找某种快乐的东西，让分离变得艰难，可是脑子里什么也没有。你想起的是长毛猎犬生崽子时的情景。大约就在那个时候，母亲开始打发你去父亲的房间。在水房里，母亲面对着半桶水，把袋子摁到水底，直到呜咽的声音停止，袋子变得一动不动。那天她淹死了小狗崽，她转过头来看着你，笑了。

尤金上楼来，发现你站在那里。

"没关系，"他说，"不要在意。"

"什么没关系？"

他耸了耸肩，走进他跟父亲合住的房间。你把行李箱拖下楼。母亲没有洗碗。她站在门口，手里拿着一瓶圣水。她把一些圣水洒在你身上。有几滴溅到了你眼睛里。尤金拿着车钥匙下楼来。

"爸想跟你谈谈。"

"他没有起床吗？"

"没有。你上楼去找他吧。"

"去吧，"妈说，"不要走得两手空空。"

你回到楼上，在他的房间外停住脚步。自从十二岁月经来潮，你就没有再走进这扇门。你打开门。里面很暗，窗帘周围透进几道夏日的阳光。还是那股熟悉的烟味儿和脚汗味儿。你看看床边的鞋子和袜子。你觉得恶心。他穿着背心坐在床上，这个牛贩子把一切尽收眼底，掂量着。

"这么说，你要去美国了？"他说。

你说是的。

"你可真是机灵啊，是不是？"他把肚子上的被单叠了叠。"那边暖和吗？"

你说暖和。

"有人接你吗？"

"有。"顺着他的话说。总是这样，这是你的策略。

"那就好。"

你等着他把钱包拿出来，或告诉你钱包在哪里，让你去拿。结果，他把他的手拿了出来。你不想碰他，可是说不定钱在他手里。焦急中，你把手伸了过去，他握了握。他把你拖到他身前。他想吻你。你不用看就知道他在笑。你挣脱了他，转身走出房间，但他叫你回去。他总是这样。他知道你以为什么也得不到了，就会把东西给你。

"还有一件事，"他说，"告诉尤金，我要他天黑前把草割完。"

你出来，关上了门。你在浴室里洗手，洗脸，重新镇定下来。

"他给你钱了吧？"母亲说。

"给了。"你说。

"给了多少？"

"一百镑。"

"他的心碎了，"她说，"他的亲生女儿，最小的孩子，你就要去美国了，他连床都不肯起。难道我不是嫁了一个讨厌的死鬼吗！"

"你准备好了吗？"尤金说，"我们得上路了。"

你伸出双臂搂住母亲。你不知道为什么这么做。你搂住母亲时，她有了变化。你可以感觉到她在你怀里软了下来。

"妈，我一到那边就给你来信。"

"来信。"她说。

"我还没到，天就黑了。"

"我知道，"她说，"路很长。"

尤金拿着箱子，你跟他来到外面。樱桃树在摇晃。风越大，树越壮。那些牧羊犬跟着你。你继续往前走，经过花圃，经过梨树，朝车子走去。那辆福特科尔蒂纳停在榛子树的树荫下。除了柴油味儿，你还可以闻到野薄荷的芳香。尤金拧开发动机，想说几句玩笑话，把车顺着马路开去。你又看了看你的手包，你的机票，你的护照。你会到那儿的,你告诉自己。他们会接你的。

尤金把车停在门前的马路上。

"爸什么也没给你,对吧?"

"什么?"

"我知道他没给。你没必要假装。"

"那没什么关系。"

"我只有一张二十镑的钞票。回头我会给你寄钱。"

"没关系的。"

"你说,从邮局寄钱安全吗?"

这是个令人惊讶的问题,愚蠢。你看着大门,看着远处的树林。

"安全?"

"是啊。"

"安全。"你说你认为是安全的。

你出来打开大门。他把车开过来,停下来等你。你把纱门打开,那匹小母马颠颠地跑到田边,靠在栅栏上,嘶嘶地叫。它是一匹深色的枣红马,有一条小腿呈白色。你把它卖了买你的机票,但明天才来人把它接走。是故意这样安排的。你注视着它,然后挪开目光,但是很难不回头张望。你把目光投向砾石马路,投向小路之间的那条绿色,投向那根新教徒时期留下的花岗岩柱子,再往前,是母亲出来目送你离去。她笨拙地挥了挥手,你不知道她能不能原谅你把她留下来跟丈夫厮守。

到了路上,拉德兄弟已经在草地上了。发动机一响,好像机器开动了,传来一阵清脆的笑声。你走过巴尔纳十字路口,你总是在这里搭车去社区学校。到了后来,你几乎懒得再去。你只是整天待在树林里,坐在树下,如果下雨,就找一个干草棚。有时候你读姐姐们留下来的书。有时候你睡着了。一次,一个男人走进他的干草棚,发现你在里面。你一直闭着眼睛。他在那儿站了很长时间,然后就走了。

"有件事你应该知道。"尤金说。

"什么事?"

"我不会留在这儿。"

"什么意思?"

"我想放弃这片土地。让他们自己留着吧。"

"什么?"

"你忍心看着我跟他们住在一起直到他们老死?你什么时候看见我带回过女人?哪个女人能受得了这个?我不会有自己的生活。"

"可是,你一直以来做的这么多工作呢?"

"我根本不在乎那个,"他说,"一切都结束了。"

"你要去哪儿?"

"不知道。我会租个地方。"

"哪儿?"

"还不知道呢。我一直在等你离开。我没有再往前想。"

"你不会是为我才留下来的吧?"

他放慢车速,转头望着你。"是的,"他说,"但是我没有派上什么用场,是不是,小妹?"

这是第一次有人提及这件事。一旦说出来,感觉像是一件可怕的事。

"你不可能一直盯着。"

"是的,"他说,"确实不能。"

马路在巴亭格拉斯和布莱辛顿之间蜿蜒延伸。你记得这段路。你过来看过爱尔兰全国决赛。你父亲在塔拉特有个姐姐,他可以住在那里,那是一个强硬的女人,会做好吃的水果馅饼,一支接一支不停地抽烟。沼泽地,这条路周围都是贫瘠的土地,有几匹小马在吃草。小时候,你以为这就是爱尔兰西部。大人们听到你这么说,总是哈哈大笑。然后,你突然想起关于父亲的一件好事。那是在你开始去他房间之前。他去了村子里,在加油站停车加油。给他加油的那个姑娘走过来,说她曾是班上最聪明的女生,每门功课都很棒,但自从你一来就不是了。父亲从村里回来,说了这件事,他很骄傲，因为你比新教徒的女儿更聪明。

快到机场了，天空中出现了飞机。尤金把车停住，帮你找到柜台。你们都不知道该怎么做。他们看你的护照，拿走你的箱子，告诉你往哪儿走。你踏上一道滚动扶梯，受到一点惊吓。有一家咖啡店，尤金想让你吃一点炸薯条，但你不想吃，也不想留下来陪他。

你哥哥拥抱你。你从没被人这么拥抱过。当他的胡子茬蹭着你的脸时，你挣脱了他。

"对不起。"他说。

"没关系。"

"再见，小妹。"

"再见，尤金。保重。"

"在纽约当心小偷。"

你没有回答。

"写信，"他很快地说，"别忘了写信。"

"不会的，不会忘的。"

你跟着那些乘客排进一个队伍，离开了他。他不会回去吃炸薯条的，他没有时间。你用不着传口信。你知道他会把车开得飞快，中午之前就到家，天黑之前就早早地把草割完。然后，还要收割玉米。冬麦已经变黄。九月份的活计就更多了，古老的责任把人拴在田里。清理棚子，检查牛，撒石灰，起粪。你知道他永远也不会离开土地。

一个陌生人问你要你的手包,你给了他。你经过一道没有门的门框,你的手包又还给了你。在另一边,灯光明亮。空气中弥漫着香水味儿,烤咖啡豆的味儿,都是价格昂贵的东西。你辨认出一瓶瓶美黑乳,一排深色的玻璃瓶。一切都变得模糊不清,但你继续往前走,因为你必须走,经过T恤衫和免税店,朝登机口走去。你找到登机口,那里几乎没有什么人,但你知道就是那里。你寻找另一扇门,分辨出一个女人的身体局部。你推门,门开了。你经过亮闪闪的洗手盆,镜子。有人问你没事吧——多么愚蠢的问题——但你忍着,直到打开并关上另一扇门,把自己安全地锁在小隔间里,你才哭了出来。

# 走在蓝色的田野上

早些时候，女人们拿着花来了，花都是红的，颜色一种比一种深。她们等在教堂里，那股花香十分浓郁。风琴手再一次慢慢弹奏巴赫的托卡塔，但是疑虑的情绪在教堂的人群中弥漫开来。早晨的阳光已经掠过洗礼盆的花岗岩盆口，落进盆内。神父抬起头，注视着敞开的门口，穿绿色绸衣的伴娘们在那里静静伫立。她们身后，一缕青烟在四月的天空袅袅升起。烟散了，随风飘逝，约翰·劳勒带着他唯一的孩子走上台阶，准备把她交出去。

神父没有核对时间，就向众人表示问候，开始履行仪式。一开始，他话说得不够连贯，但是很快双方就宣誓完毕，杰克森把那枚朴素的金戒指戴在了她的手指上。在祭具室里，神父注意到新娘拿起那支沉甸甸的钢笔时手在颤抖，黑墨水在登记簿上留下的笔迹那么拘谨，而杰克森大笔一挥，清清楚楚地写下了自己的名字。

此时，神父站在外面，出神地望着教堂的庭院。这是一个令人神清气爽的日子，天气晴朗，有风。五彩纸屑被吹散在墓碑上、人行道上，和通往墓地的小路上。那棵紫杉树上，有一小片面纱迎风发抖。神父伸手把它从树枝上摘了下来。面纱拿在手里硬硬的，不像是布料。他真想换掉这身衣服，走到教堂外的乡村公路上，穿过横路栅栏，一直朝河边走去。在田地之间的那块沼泽地里，他的出现会把那些野鸭惊飞。再往前去，到了水边，他就会感到平静，可是他一转动教堂门上的钥匙，就会面对街道，那里有他的职责。

今天，村里许多店铺都关了门。肉店橱窗里的金属盘子擦得锃亮，里面空无一物。布店窗户后面的百叶窗关得紧紧的。只有报刊零售点的门开着，一个姑娘拿着剪刀在剪昨天报纸的标题。神父过了马路，顺着大街朝旅馆走去。这里曾经是新教徒的领地。旅馆两边的树木都很高，风在这里也变得很有人情味儿了。柳树间传来轻柔的细语，榆树们也仿佛在压低声音交谈。这地方有种气氛使人想起古老的过去：猎狗，长矛，纺车。历史上曾经有过乐趣。近代却全然不同，不堪回首。

外面的草坪上，新娘、新郎和亲友们聚在一起。伴娘们穿着花枝招展的衣服，被伴郎说的什么话逗得哈哈大笑。摄影师站在前面，告诉他们站在哪里，摆出什么样的姿势。神父走过红地毯，再一次跟新郎握手。新郎是个矮胖的男人，一双普普通通的蓝眼睛，身体里透着一股蛮力。

"祝你们一切顺利，"神父说，"希望你们幸福美满。"

035

"谢谢您，神父。您也进来跟我们一起照张相吧？"他说着就让神父站在了新娘旁边。

新娘长得很美，婚纱让她肩膀上的雀斑暴露了出来。一串长长的珍珠被她的肌肤衬托着，看上去沉甸甸的。神父凑过去，但并没有碰到她，他注视着她头皮上的那道白线把富有光泽的红色秀发一分为二。她看上去很平静，但手里的花束在颤抖。

"你肯定冷了。"他说。

"没有。"

"肯定冷了。"

"没有，"她说，"什么感觉也没有。"

终于，她看着他了。一双绿眼睛冷冰冰的，看不出任何表情。

"请大家往这边看！"

神父的目光掠过摄影师的头顶，看着天上的云。云移动得很快，遮住了太阳，把这场合法婚礼的影子投在草地上。

"太好了！保持别动！"大家僵住不动，照相机"咔嚓"一响，人群便开始散去。"现在给新郎全家照吧？请新郎家的人站到前面来！"

旅馆里人头攒动，熙熙攘攘，空气很闷热。前台旁有个女侍者在舀潘趣酒。还有一个女侍者拿着一把锋利的刀，站在那里切一条长长的熏鲑鱼。客人们排队去领叉子、刺山柑和鲑鱼肉。他们身边到处都是鲜花。神父从来没见过这么多的花：盛开的郁金香，蓝色的风信子，像喇叭一样的剑兰。他站在一罐玫瑰花旁边，深深地呼吸。花香很浓。他突然想喝点东西，就转向吧台。

"您好，神父，"说话的是盾恩小姐，一个肥胖的女人，穿着一件五颜六色的裙服，"婚礼办得真像样。您安排得简短而精彩。"

"这没有什么，盾恩小姐。我希望他们能满意。"

"只有时间才会告诉我们，"她说，"您的判断可能下得太早。"

神父笑了。"你喝杯酒吗？"

"不，"她说，"我是滴酒不沾。"她双臂抱在胸前。

"滴酒不沾？"

"没错。滴酒不沾。如果您不知道原因，就等到晚上看吧。"

"来一杯矿泉水吧？"

"不了，"她说，"我就等着吃饭了。"

神父意识到她是愿意自己待着。他走到吧台，要了一杯热的威士忌。女侍者叹了口气，把水壶放了上去，戳起一片撒了丁香的柠檬，把一个勺子扔进空玻璃杯里。神父看着人群，等着有人来找他。跟他说话的大都是女人。这里有些人很爱说话，还有些人欠着他的钱。

杰克森太太是新郎的母亲，从外面的冷风里进来。她脸色绯红，衬着那件紫色的裙服，真是大红大紫。她脱掉帽子，却不知道放在哪里，只好又戴回头上。

"我可怎么是好呢？"她说，"老成了这个样子。"

只是一个老把戏，神父曾经喜欢但后来厌倦了：她们把自己贬得一钱不值，而他几句话就让她们树立信心。总是在寻找别人的夸赞。

"别来这套了，"他说，"你看上去光彩照人。"

"上帝保佑我们吧，神父，您是不知道啊。"她说，把身子又挺直了一英寸。

"很容易知道您是个神父，"她的侄女说，"一般男人绝不会这么说。"她端详着屋子里的人，显然对那些男人感到失望。

杰克森太太没有理会这句话。"好了，至少办完了一桩事情。现在我只剩一个儿子了，上帝知道，我要留着他给我养老送终呢。"

"你认为他不会结婚吗？"

"谁会要他呢？一个招人厌的吃货。干起活来没命，玩起来也没命。"

"杰克森太太，你喝杯酒吧？"

"不喝，"她说，"看在上帝的分上，我去看看晚宴准备得怎么样了。"

一个不属于这个教区的年轻女人靠在吧台上，等着别人来招呼她。她身边的理发师盯着自己的杯子。

"神父,您说这杯子是半空的还是半满的呢?"

"随你怎么想吧。"神父说。

"我说,我不知道您还在喝什么,"女人说,"但是毫无疑问,没有满就没有空,没有空就没有满。"

理发师皱起眉头,慢慢明白了这话的意思。

一个女花童飞快地跑过,后面跟着一群孩子。热威士忌使神父平静下来,想起了年轻时那些冬天的夜晚。他开始想到圣诞节和自己的母亲,母亲把浓烈的黑啤酒倒进布丁,让他搅拌,让他许愿。母亲鼓励他从事神职,但并不强迫。有一次,他还是祭台助手的时候,站在祭具室里,用手轻轻拂过那件法衣,那件白色长袍。冬天的日光洒在高高的窗户上,斑斑驳驳,教堂里,唱诗班在练习"你多么伟大"。在那一刻,他觉得道路豁然敞开,但是眼下没有时间思索这些事情了。新娘的父亲劳勒挤进来抓住了他的手。神父感觉手心里的是钱。

"麻烦您了,不成敬意。"劳勒轻声说。

"谢谢,"神父接受了,"我乐意效劳。"

劳勒是个鳏夫,在卡娄路上有二百公顷的地。丝绸领带打得很规矩,上面的条纹衬得西服的深红色针脚格外醒目。大家都知道他是一个有品位的男人。他隔着吧台看着新郎,新郎低垂着头,在听另一个男人说话。

"您说，他那个兄弟站在那儿合适吗？"劳勒问。

"宴会不是很快就要开始了吗？"神父说。

"我们已经安排了，这样大家就不用无所事事地闲荡。他们很快就应该叫我们了。"劳勒沉默下来，又注视着新郎。"当一个女人打定主意时，你可别去妨碍她。你最好躲她远远的。"

"车到山前必有路。"神父安慰他道。

"也许是吧。"劳勒说，低下头，用擦得锃亮的大鞋尖蹭着凳子。"你得靠后站站，让她们放手去干，让她们去犯错误。麻烦就在这里。但如果你不想惹这个麻烦，你的麻烦会更多。"

舀潘趣酒的女孩拿着锣走进酒吧间。"女士们，先生们！请大家落座！晚宴要开始了！"

人群里掠过一阵小小的惊讶。女人们去拿手袋。喝酒的人紧张起来，急忙又要了一杯。大家稀稀拉拉地朝舞厅走去，那里已经摆好了桌子。

"你知道我在哪儿，"神父说，"如果需要，尽管来找我。"

"但愿我不用去麻烦您。"劳勒说。

"随时来好了，"神父说，"我晚上一般都在家。"

在男厕所里，他站在镜子前洗手，把额头上的头发往后梳。头发长得真快，遮住了眼睛，上次去理发店，头发剪得很马虎。伴郎多纳尔·杰克森走进来，靠在墙上解手。小便哗哗地冲在瓷砖上。家伙还没放进去，他就转过身。他的家伙真大，他很费力地把它塞进租来的裤子里。

"该死的装饰品，神父，"他说，"跟你自己的一样。"

"哟！"肯尼迪冲了马桶，走出隔间，大声说道。"这可没必要。你还能不能把那家伙收起来？"他半嗔半怒地说，"神父，别理这个混蛋。别理他。"

一出门，神父听见了笑声。曾经，就在不久以前，人们会等到他听不见了再说笑。他必须到吧台去让自己重新镇定一下。婚礼很难对付。人们乱纷纷地敬酒、说话，而他必须在场。一个男人把女儿交给一个年轻人。一个女人看着儿子投入一个小女人的怀抱。这使他们不敢相信。有代价，有伤感，覆水难收。凡是当众承诺的时候，人们都会哭。

他站在柜台前，要了一小杯强力威士忌。女侍者把酒递给他时，说已经付过钱了。神父抬起头。柜台那边站着新郎，手里端着一杯新的黑啤酒。他举起杯子笑了笑。神父端起威士忌，喝了一小口。在此之前他从没有想过，杰克森或许已经知道了。

摆满桌子的舞厅里已经熙熙攘攘。银餐具闪闪发亮，烛光摇曳，椅子摩擦着光亮的地板。半个教区的人都来了。小规模的婚礼看来是不够用了。主桌已经坐满了人，只有新郎的座位还空着。他

041

为什么断定主桌会给他留一个座位呢？他尴尬地在那些桌子之间走来走去，寻找自己的名字。盾恩小姐给他打手势，指给他看。他被安排在亲戚那一桌上。左边是新娘的舅舅，右边是新郎的姑妈。

"我发现他们把您跟别的罪人安排在一起了。"姑妈说。

神父没有回答。他们无关痛痒地聊了一两分钟天气，然后研究菜单。菜名是烫金的，有两种选择：奶油蔬菜汤或鳄梨螃蟹肉。然后是欧芹酱煮马哈鱼，或迷迭香炖小羊肉。

新郎的姑妈认为没必要搞这么麻烦。

"直接给我们一片煮火腿不就得了？我们成长的地方离鳄梨很远。"她说，希望得到别人的赞许。

"不知道这马哈鱼是从哪儿捕来的，"西诺特说，"但愿不是我们那片水域。"他是个瘦精精的男人，不肯吃苦，还自己交代说偷过杰克森家山上的羊。

坐在主桌的劳勒敲了敲玻璃杯，人们安静下来。一位工作人员拿着麦克风过来，递给了神父。神父机械地开始说道：

"哦，主啊，保佑我们，您的赐福……"

人们纷纷低下脑袋。有人把一个哭闹的孩子从屋里抱了出去。神父刚说到"阿门"，一盘盘鳄梨和一碗碗热汤就端上来了。面包上抹了黄油。人们埋头吃喝。女孩们一手拿一个酒瓶，负责倒红酒和白酒。一盘盘烤土豆端上来了，还有蔬菜和卤肉。大家尽情享受食物，四下一片沉默，直到最初的饥饿感得到了满足。然后便开始说话了。

"您的体重一点也没增加，神父，"姑妈说，"请允许我问一句，您是怎么保持的？"

"我散步。"他说，长叹了一口气。

"他们说散步很管用。您走得远吗？"

"顺着道路一直走到乳品厂，再走到河边。"他说，"只要可能，我每天都走。"

"我知道那条路。"盾恩小姐说，"您去找过那个中国人吗，神父？"

"没有，"他笑了，"什么中国人？"

"啊，您不会认识他的——他不是基督徒——但经常有人去找他治病。"

"治病？"

"是啊。"她说着，伸手去拿盐。

"他到底住在哪里？"

"就在里德蒙家下面，在大篷车里。您知道那个干草棚后面吧？如果您真的往那边散步，肯定知道。"

"他是个难民，里德蒙家有亲戚是中国人，"杰克森家的那个男人说，"采石场的里德蒙雇他干活，现在他在那儿放羊。"

"听说他从没丢过一只羊。"布里恩说,"说句公道话,听说他倒是个好人,虽然做派跟我们不一样。"

"他不肯养狗。对狗有某种恐惧。"山上来的麦克·布莱南说。

"说不定他把该死的牧羊狗给吃掉了。"西诺特说,伸手去拿最后一个烤土豆。

"那么,他到底做什么呢?"神父问。

"我没说吗,他是放羊的。"盾恩小姐说。

"不,我的意思是,他能治什么病?"

"我也不太清楚,神父。我只知道有人去找他。我从来没去过。如果我哪儿不舒服,会去找接骨师奈尔。"

"如果你后背有个罗锅,那他就是个神医,"布里恩说,"但你可能会等在一条灰狗后面。"

"或者一匹该死的马!"西诺特说,"我不得不在一匹瘸腿的花斑马后面等了两个小时。"

一片笑声。

"你要是有什么不舒服,就去找那个中国人。"

"都是胡扯。他能管什么用? 一句英文都不会说。根本没法跟他说清楚你哪儿不舒服。"

"咳,总有办法可以告诉他的!"麦克·布莱南笑着说。

"你可以指出来呀!"盾恩小姐说。

"你可以脱掉裤子,告诉他你是在教区的哪片地方长大的,然后就听天由命吧。"西诺特说,"他就是个中国人:吃狗肉,喝茶水!"

"闭嘴!"布莱南皱着眉头说,"这里可有人穿着教士服呢!"

"嗨,"西诺特嘟哝着说,"我们都知道白色的教士服有多肮脏。"

笑声很快变成一触即碎的沉默。布里恩在咳嗽。姑妈又一次直起刀叉。

"你知道什么叫肮脏,"盾恩小姐说,"你有五个姐姐给你熨平睡衣上的每道褶子。"

她是好心解围,但西诺特的话像闷火煎熬。神父用力切小羊肉。麦克·布莱南看着桌子对面,另一个男人拄着拐杖走过。

"说到骨头,"他说,"多诺修怎么了?"

"今天早晨被小母牛踢了一脚。"西诺特说。

"这下他该学会把手焐热再挤奶了。他去看医生了吗?"

"没有,不肯去。"

"没法让他去。"布里恩说。

"他肯定家里放着拐杖。有两样东西绝不能放在家里:一是拐杖,二是摇篮。"

"这可是经验之谈啊！"盾恩小姐大声说。

"信不信由你，这话可再实在没有了。玛丽生下最后一个孩子，我就把摇篮拿到院子里，一把火给烧了。"布莱南说，"她回家后差点把我给吃了。要我说，时间不是差不多了吗？当然啦，母鸡就喜欢在婴儿篮里孵蛋。"

"你有七个孩子，还是八个？"姑妈说。

"我有九个。"布莱南说，从口袋里掏香烟。"生了这么多孩子，还要到外面去卖苦力，多惨哪，是不是？"

主菜吃完了，忙碌的服务渐渐平静下来。出来把盘子撤走的是另一批姑娘。什么也没有打碎。谁也没有溜出去。甜品端上来了：杏仁馅饼加草莓，雪利甜糕，奶油。他们刚要举起勺子，开始新一轮的谈话，主桌的多纳尔·杰克森敲敲酒杯，站起身来。刚一站起，就又倒进了椅子里。人们都把目光转向他，沉默下来。竖起耳朵。有人忍不住吃吃发笑。伴郎又试着站起来。这次总算站稳了，但不得不靠在桌上，用手掌压住桌布。

"大家好！"他大声说，"大家好！"

新郎嘟囔着叫他不要胡说八道。新郎的话本不想让人听见，却通过麦克风传到大家耳里。

"祝你们大家开心！"伴郎喊道，"希望你们都吃饱了。"

说到这里他顿住了，不知道接下来该说什么。他低头看着新娘。他看着他哥哥。

"当初我哥哥向这位凯特求婚的时候,我们都说他不可能把这么好的妞儿搞到手。"他看着桌布、酒杯、银色的盐瓶和胡椒瓶。"现在我们看到他成功了,唯一的遗憾是凯特没有一个妹妹!"他一推桌布,杯盘碗碟都跟着移动。一杯红酒打翻了,弄脏了白色的亚麻桌布。

西诺特意味深长地看着神父,然后笑了笑,又把目光转向伴郎。

"如果她有个妹妹,我们就能平分那片土地——"

劳勒赶紧把麦克风从他手里拿过来,这么做的时候不失绅士风度。他开始十分真诚地感谢大家的光临。他说他很高兴自己的独生女儿找到了一个好丈夫。他说他尽了全力抚养她好好长大,还说虽然她母亲没能在场,但他知道她正在天上看着他们,祝福这个日子。他称赞了食物、红酒和服务。他感谢神父主持的简单仪式,感谢伴娘到场作证,感谢新郎家的所有人。他欢迎新郎进入他们家,希望新郎一辈子善待他的女儿。他说除此之外他别无所求,然后就坐下了。

新郎展开一张纸,又依次感谢大家,几乎是重复他岳父的讲话。新娘静静地坐着,周围都是聊天的男人。一位女侍者端着香槟过来,但新娘谢绝了。神父看着她坐在那里,手握住酒杯的柄,他恍然想起了什么。往事这样鲜活，这样清晰，他希望他是独自待着。

蛋糕端上来的时候，大家鼓掌。新郎新娘站起来，抓住刀子。刀刃深深地切进蛋糕底层，他们例行公事地拍了照片。不久，蛋糕重又端回来，切成了小块，撒上了糖霜。倒了茶，倒了咖啡。

劳勒小姐伸手拿起一个餐巾塞进她的手包里。

"做个纪念，"她说，"我已经有一打了。"

麦克风又递到了神父手里。他站起来做感恩祷告，却对自己说的话没有丝毫感觉。最近他祷告时，他的祈祷都没有回音。上帝在哪里？ 他这样问。而不是"上帝是什么"。他不介意自己不了解上帝。他的信仰没有动摇——奇怪就奇怪在这里——但他希望上帝能够显现。他只需要一个证明。有的夜晚，管家离去后，他把窗帘拉得严严实实，跪下来，祈祷上帝告诉他怎样做一名神父。

大家必须赶紧吃完，然后把桌子收掉，腾出地方来跳舞。人们离开舞厅去酒吧间，去厕所，去外面的露天啤酒馆抽烟。这个时候，神父可以离开。他可以走向那些还没喝糊涂、还会记得他说过再见的人，跟他们握手。他知道在他家里，柴火已经准备好。他只要回去用火柴把它点燃。睡眠会来找他，这一天便会结束。但他必须留下来参加舞会。他要留下来看他们跳舞，然后再走。

音乐开始了,是一首缓慢的华尔兹。"能和我跳这支舞吗,在我的有生之年?"新郎领着新娘步入舞池时,新娘的婚纱勾住了鞋边。她绯红着脸,弯腰解开。她已经摘掉面纱,所以脖子后面裸露着,只戴着那串珍珠。她直起身来,杰克森把她搂在怀里。她似乎挺情愿的。灯光照着她订婚戒指上的钻石,耀眼夺目。白鞋子跟着丈夫的步伐在舞池里起舞。他们转了一圈,又转了一圈,然后新郎的弟弟带着伴娘出来了。伴郎似乎脚底腾云驾雾。他也许说话不太连贯,但舞跳得不赖。伴郎跟着伴娘。他们看上去对自己没有把握,有点害羞。三曲华尔兹之后,音乐停了,伴郎问哥哥他能不能跟新娘跳舞。新郎看着他。劳勒站在舞池边缘,试着跟新郎对上目光。神父意识到自己很难无动于衷,尽管他说过绝不介入。新郎迟疑着,但还是同意了,很快,伴郎就跟新娘换了过来。

乐队加快了节奏,换成了一首快步舞曲。伴郎跳起了摇摆舞。许多年前,他曾在某个摇摆舞比赛中赢过名次,现在一心想炫耀一下舞技。他把胳膊架成拱形,新娘在底下穿过,从他身后出来,但新娘移动的速度没有他希望的那么快。他把新娘推得旋转,可是当他想让新娘停止旋转时,伸手没有抓住她,只抓住了那串珍珠,他身子一转,链子断了。

珍珠劈劈啪啪撒落在地,神父怔住了。他注视着那些珠子落在光洁的地面上,朝他这边滚来。一颗珍珠撞在壁脚板上,从盾恩小姐张开的手旁滚过。她叹了口气,看着珍珠滚向神父的椅子。神父一伸手捡了起来。珍珠在他手里温乎乎的,还带着新娘的体温。这比今天发生的所有事情都更令他愕然。

神父走过舞池。新娘伸出双手站在那里。当他把那颗珍珠放在她掌心里时,她深深地凝望他的眼睛。她眼里噙着泪花,但是她太骄傲了,不肯眨眨眼皮让泪水掉落。如果她眨了,他就会牵起她的手,带她远远地离开这个地方。至少,他是这样告诉自己的。这是她曾经想要的,但是两个人很少在人生的特定时刻想要同样的东西。这恐怕是人类最艰难的一件事。

"我太抱歉了。"他说。

他看着她摊开的掌心里细细的纹路,看着珍珠一颗颗增多。他又抬起目光看着她的脸。劳勒凝视着他,但布里恩过来,打破了僵局。

"本来有多少?"布里恩说。

"有多少?"新娘说着,摇了摇头。

"哎,"他说,"你知道项链上本来有多少颗珍珠吗?"布里恩看着新娘,改变了语气。"哎,不要哭嘛,姑娘。只是一串项链。很容易就能修好。"

舞池里,新郎一把抓住伴郎的衣领。那只大手抓得紧紧的,脸气得煞白。

"你这个疯子!"他吼道。"你连一天都控制不了自己吗!"


出门又来到大街上,离开那可怕的音乐,感觉真好。风已经停息,树一动不动。一只乌鸦栖在一根树枝上,十分警觉。街上,在蓝天的衬托下,滚滚白烟从一个烟囱里冒出来。报刊零售店已经关门了,但是彩票销售点还有一台电视机在一闪一闪。神父在窗口驻足,看见一个姑娘捧着一本打开的书睡得正香。他很想进去唤醒她,告诉她这样会把脖子睡僵,但他径直往前走,一直走向教区住宅。他脚刚踏上那厚厚的碎石路,就知道自己没法走进去。他转身沿着街道走回来,经过加油泵,朝乡村土路走去。

这么说,她结婚了。他想象着所有可能发生的新鲜事,但这感觉转瞬即逝。他经过修道院高高的围墙,然后是商业中心的钢管栅栏。这里没铺柏油,只有土路,脚下踩着一些枯叶。有的地方很滑,他告诉自己其实他并不知道要去哪里。他经过杰克森家的院门,那些牛奶盒还在箱子里竖着。时不时地,什么地方的田野或牲口棚里传来一声畜类的吼叫。今晚这个郊区的许多牛都无人喂食了。他信步走着,不让任何思绪占据他的头脑。走了几英里,他听见路面下有令人欣慰的河水声。

到了乳品厂,他转向猎人小径。黑梯山高高耸立,给田野投下奇怪的蓝色阴影。猎人们星期天做完弥撒就从这里回去。他们给教区住宅留下一些死禽：野鸡，鸭子，一只鹅。管家把它们挂起来，拔了毛，端上餐桌。神父不愿意想到这事，尽管他愉快地享用了那些美味，还有卤肉。

小径的尽头是一座老房子，荒凉的墙壁被爬山虎吞没。在桤木生长的那块湿地上，水面一阵躁动，扑棱棱，那群野鸭子飞了起来，扰得芦苇纷纷摇晃。神父立住不动了，看着天空寻找那只苍鹭。他每次走这条路都能看见它。此刻想要再看见它似乎不太可能，然而，它突然就出现了，一对翅膀缓慢地扇动，托着它在天空划出宁静的弧形。

河里，睡意蒙眬的褐色河水在流淌。就因为苍鹭依然存在，这宁静显得更加深邃。水面映出对岸树木的波纹状的倒影。一朵闲云在天空飘浮，那样苍白，那样突兀，像是另一个日子留下来的云。他想起了紫杉树上的那一片面纱，便把手放进口袋摸了摸。他把面纱拿出来，让它飘落下去。没等面纱落到水面，他就后悔了，他曾有过机会，现在机会已经失去。

她到教区住宅来的那天晚上，果园里薄雾迷蒙。那天是万灵节，他独自坐在客厅里，守着一堆旺火。白天他在医院里给一个年轻人做了临终祈祷，然后开车回来做晚间弥撒。这样的夜晚，他总感到孤独一人是多么难以忍受。他想到那个年轻人，想到自己仍然还很年轻。壁炉台上的钟走得很响。他往火里添了些煤，在地板上踱步。她来替她母亲要弥撒卡的签字。他请她进来，陪他坐坐。他觉得她是为了不得罪他才留下来的。他根本没想要碰她，可是当她凝视炉火时，神父看着她头皮上的那道缝使深红色的秀发朝两边分开。他探身过来只想摸摸火把她的头发烤热了没有。他没有别的想法，但是她误解了他的手势，伸手抓住了他的手腕。

他们总是在偏僻的地方幽会：卡霍尔或黑水湾荒凉的海滩上，阿文谷公路远处的树林里。一次，他们在海滩上碰到了盾恩小姐。她迎面朝他们走来，要转身躲避已经来不及了，不料就要碰面的时候，她转身朝大海走去。她那天和后来都没有暗示曾经看见过他们。

季节变换，冬天又来了。他们出了远门，往北到寂静山谷，住在纽里镇附近的一家小客栈里。那天晚上吃饭时，她握着酒杯的柄，对他说她再也无法忍受。如果他不能离开神职，她就不会再这样来见他了。第二天早晨，他们回来的路上去了一处文物公园，倒退着穿越漫长的时光，从北欧的房屋院落，经过爱尔兰人工岛，再蜿蜒攀上新石器时代的坟墓。他们曾经站在一个人工湖的边缘，一条粗糙的木船在水中半隐半现。水面漂着一层厚厚的蒲公英种子。寒冷的风吹过芦苇，发出咝咝的声音，然而他们沉默着，彼此都知道从此一切都不会一样了。

现在，她结婚了。今晚，杰克森将把她领进洞房，脱掉她的衣服。神父仿佛又看见新郎弟弟的那家伙，那么大，怎么也塞不回裤子里。他靠在河堤上，揪掉几根高高的野草尖儿。他应该回到镇上，上床睡觉，但是他不愿意让这一天结束。于是，他朝相反方向走去，穿过田地之间的旋转栅门。粗糙的短麦茬变成黄灿灿的麦浪。今年冬天真干燥。再往前走，是一片平坦的牧场，周围有羊群在吃草。看来这就是里德蒙家的田地了。他抬头朝路上望去，看见那座大草棚的屋顶。旁边树荫里停着一辆大篷车，百叶窗周围透出耀眼的灯光。

他一看见大篷车，就告诉自己他不是为了这个才过来的。他最不愿看见人，但是他的脚不由自主地带他穿过牧场。在醋栗丛那边一个僻静之处，有一片地方用木栅栏和铁丝围了起来。播种机排得整整齐齐，耙子上还沾着新鲜的泥土。他推开那朴素的木门，发出吱吱嘎嘎的声音。神父在园子里站了片刻，侧耳倾听。他没有听见里面有任何动静，便相信没人在家，上前敲了敲门。刚敲几下，他就转身离开，不料门却开了，一个中国人站在那里，穿着夹趾拖鞋，和一套宽松的运动装。

"好，"他笑着说，"进来吧。"

神父往后退缩。"晚上好。"

"好。"中国人说。

他不应该来的，但现在不进去似乎有些失礼。大篷车里面亮闪闪的：地板光可鉴人，床垫上铺着硬板板的白色床单。壶里煮着茶，散发着一股浓烈的茶香。一盏明亮的灯上蒙着罩子。几乎所有的东西都是白色的，胶合板上刷着白漆。还有一个很大的锯齿状的垫子，和一本摊开的书。

中国人看着神父的脚。脏鞋子对这里不够恭敬。神父脱掉鞋子，把它们留在门外，他这么做的时候意识到自己的脚很臭。一个凳子端出来了。中国人的手脚真麻利。他是个动作敏捷的人，长得很精神，在自己家里轻松地走来走去。神父透过一尘不染的窗玻璃看着河面，心里又感到一阵妒意。

"对，"中国人说，"你烦恼。"

"我烦恼？"

中国人点点头。

"我没有烦恼。"神父说。

中国人笑了起来，他知道凡是有烦恼的人都这么说。他从架子上拿了一个玻璃杯，从罐里捏出一些茶叶，把开水倒进去。他把杯子倒满，递给神父。杯子烫得端不住。茶叶先是浮在表面，然后慢慢舒展开来，沉入杯底。味道是苦的，烫痛了他的舌头。

中国人盯着他看。眼睛睁得大大的，眼神专注。中国人把袖子整整齐齐地卷到胳膊肘上，伸手过来摸神父。已经三年没有人碰过他了，陌生人双手的温柔令他惊惶。为什么温柔比伤害更使人无力招架？那双手干燥、温暖。当它们抚过他的下巴，环住他的脖颈时，神父使劲吞咽唾沫，盯着墙上的一张版画。版画上是一个朴素的雪花石膏的碗，以及碗的影子。

"对。"中国人走到床垫旁，拍了拍。

"什么？"神父说。

"好，"中国人说，"对。"

神父脱掉外衣，躺在垫子上。他仰面躺着，但那双手把他翻了过来。他的袜子被脱掉了。拇指按压着他的脚趾、脚跟，深深地探入他的脚心。中国人发出一声若有似无的低语，挪到神父身旁，开始敲打他。先从脚踝开始，以极大的耐心，一点点地上升到大腿后部。按摩臀部时，他用拳头使劲压进肉里。神父觉得忍不住要叫出声来，但那双手挪到了另一条腿，把腿里的什么东西挤入他的躯干，似乎他身体里的东西能从身体的一边倾倒到另一边似的。神父慢慢觉得他放弃了抵抗，他终于得到了那种平静。就让这个人敲打他吧。这种感觉很奇怪，但是新鲜。他转过头，凝视着那个雪花石膏的碗。

跟劳勒女儿在一起的一些片断闪过他的脑海。跟她的亲密接触多么美妙啊。她说，对自己的了解位于语言的远端。谈话的目的是弄清你已经知道了什么，到什么程度。她相信在每次谈话中，都存在一只无形的碗。谈话的艺术就是把冠冕堂皇的话放进碗里、把别的东西拿出来。在充满爱的对话中，你发现自己满怀善意，然而到了最后，碗里仍然空无一物。她说一个男人不可能在认清自己之后还独自生活。她相信，对肉体的认识位于做爱的远端。她的观点有时让他觉得沮丧，却无法证明她是错的。他记得客厅里的那个夜晚，她光滑的、点缀着雀斑的胳膊。还有她坐在纽里镇的床沿，替他缝衬衫纽扣的情景。第二天是他们的最后一天，早晨他们躺在床上，窗户开着，他曾梦见风把她身上的雀斑都吹走了。那天上午，当她把脸转过来看着他时，他说他不能离开神职工作。

此刻，中国人在按摩他的双手，把它们从手腕往后掰，最后神父以为骨头肯定要被掰断了。他的脑袋被托起来绕圈子，一圈比一圈大。膝盖压在了脑袋两侧。中国人正把什么东西从他的脊椎根部，从他的尾巴骨那儿拽出来，送入他的身体。有个硬邦邦的块垒梗在那里，但那双手并不理会。神父突然就感到什么东西从他体内消退，就像海浪从岸边退去，再形成新的浪潮——一声可怕的喊叫从他嘴里进出，是她的名字，然后就结束了。

不知道过了多长时间，他慢慢地坐起来，打量屋里。他看着中国人，看着他的光脚，看着地面。现在更热了，他感到饥饿。那人又在把壶灌满，擦着一根火柴，似乎这样的事每天都在发生。

"谢谢，"神父最后说道，"谢谢你。"

中国人端着一杯热茶蹲在他身边。这个人快乐地独自生活在一个干净的地方。这个人相信自己做的事情，并从工作中得到愉悦。神父必须给他点什么。他把手伸进口袋，摸到了劳勒付他的钱。中国人接过钱，鞠了个躬，但并没有数，只是把它丢进了厨房桌上的一只陶罐。

神父指着墙上的那张版画。

"这是什么？"他问。

"古老。"中国人说。

"空的。"神父笑着说。

中国人没有听懂。

"空的，"神父说，"不满。"

"对，"中国人说，"你有烦恼。"

神父找到袜子，到门外去穿鞋。蓝色的夜晚沉沉地笼罩在田野之上。他推开木门，听着门在身后关上的声音。他站在那里，看着这个世界。春天来了，干燥而充满希望。桤木噌噌地生长，白生生的枝干如同钢筋铁骨。现在一切看上去轮廓更加清晰。夜晚倚靠在栅栏柱子上。耙子闪闪发亮，被人珍爱和用旧。

上帝在哪里？他曾经这样问，今晚上帝回答了。周围的空气里弥漫着野醋栗丛的浓郁气味。一头绵羊从沉睡中醒来，走过蓝色的田野。头顶上，星星慢慢滑入自己的位置。上帝就是自然。

他想起在纽里镇外，他赤身裸体地跟劳勒的女儿躺在一张床上。他想起那些蒲公英的种子四下飘舞，想起他说过要永远爱她。他清清楚楚地想起了所有这些事情，却并不感到羞愧。活着真是件奇怪的事。很快，复活节就要到了。还有工作要做，要为圣枝主日写一篇布道。他顺着田野返回上坡的道路，想着他明天的生活，作为一名神父，尽自己的能力破译树木的古罗马语言。

# 黑　马

夜里，布拉迪梦见那个女人重新进入了他的生活。她在外面的院子里，跟那匹大猎马一起，高声笑着，夸赞她的黑马。她伸手松开马的肚带，摘掉马鞍。猎马抖抖身子，喷了个鼻息。她把马牵到食槽前，压了些清水。手柄压下去的时候发出刺耳的声音，但猎马并不害怕。它只是低下脑袋，尽情畅饮。猎狗的叫声在远处的田野上回荡。梦中，这些猎狗都是布拉迪的，他知道要花好长时间才能把它们拢在一起，赶回家来。

醒来，他发现自己腰以下穿着衣服：黑色牛仔裤和工作靴。他摸索着去拿钟，把玻璃钟面凑近了看上面的指针。时间还早。头顶上，灯光仍然灼人。他站起身，找到其他衣服。外面，十月的雨颤巍巍地在竹子间滴落。竹子是许多年前种的，为了把她的灌木丛跟豆子分开，可是她走了以后，他没有心思去管，园子就荒了。在麦奎德家的山上，透过乌云，他看见一个男人的身影在田里行走，那里的庄稼比他的绿。麦奎德本人在放牧，又在数他的那些阉牛了。

在厨房，他把锅煮开，把壶烫了烫。喝了茶，他觉得自己又有了人气儿。他站在烤箱旁，烘着双手。上个星期，姨妈带来了果酱，但瓶子里已经所剩无几。他用刀子刮着玻璃瓶里残留的果酱，然后穿着外衣去了田里。两只小牛犊需要牵进来喂药。他还要清理排水管，把草木灰撒到地里——凛冽的冬天就要来了，棚子里还有整整一天焊接的活儿要干。他把剩下来的薄饼扔在路上，开动了小货车。他内心隐约庆幸天在下雨。

在贝尔特贝，他买了浸湿剂，焊棒，擦锯子的油。兜里没有什么钱了。他犹豫了一会儿，才到电话亭里给利登打电话，他知道利登肯定在家。

"到家里来吧，"利登说，"我正需要帮手呢。"

那是山坡上的一座漂亮房子，利登的妻子是教师，把家里收拾得一尘不染。两层小楼，刷成白色，凌驾在河面上。院子里有两棵榛子树，马车，每个马厩里都有几匹马。布拉迪下了车，利登在草棚子里朝他挥手。利登是个精干的人，身材瘦削，一双手很大。

"啊，布拉迪！你终于来了！"

"天气真糟糕。"

"确实够呛。"利登赞同道，"给那匹母马套上笼头，好吗？我觉得它不会安生。"

布拉迪站在母马脑袋边，利登给马钉蹄铁。那双大手很娴熟：

量蹄子，削皮，挑出需要修剪的趾头。蹄铁放在铁砧上，锻打成合适的尺寸。钢钉敲进去，钉尖敲平了。然后木锉子拿起来了，锉下来的碎屑像刨花一样纷纷落在脚边。雨一直在下，一阵紧似一阵，啪啪地敲打着镀锌的屋顶。布拉迪站在那里，雨淋不着，他陪着那匹母马，心头感到一种异样的喜悦。

利登锉完最后一个蹄子，扔下工具，看着外面的雨。

"这种天气，应该去酒吧。"

"时间还早呢。"布拉迪不安地说。

"如果不赶紧去，可就晚了。"利登笑了起来，眼睛在地上寻找钉子。

"我得抓紧了，家里还有许多活儿呢。"布拉迪说。他把母马牵回马厩，闩上了门。

"你来吧，走哪条路都行。"利登说，"我到肖恩那儿去换张支票，就可以付账了。"

"改天吧。"

"千万可别，改天我手头就没有了。"

布拉迪跟着利登回到镇上，胃里涌起一股烧灼。利登拐进岔道，把车停在阿姆斯酒家后面。看上去没开门，但利登把后门推开了。灯泡悬在台球桌上，光线昏暗。北方之声电台里，一个女人在念新闻。高个子卡恩斯端着一杯强力啤酒，凝望着吧台后面做装饰用的渔网。诺里斯和麦克菲利普斯在挑选下场比赛的马。大个儿肖恩站在柜台后面，给面包抹黄油。

"面包是新鲜的还是昨天剩的？"利登问。

"老天有眼，"肖恩笑着抬起头来，"今天的面包是今天的。"

"但如果我们明天吃，它不还是今天的吗？"诺里斯说。他喝掉了两座农庄。但除了手微微有些颤抖，谁也看不出来。

"弄两杯你最好的酒，肖恩，"利登说，"别理那个混蛋。"

"他理了我好多年了，"诺里斯说，"现在恐怕停不下来啦。"

肖恩把啤酒杯口凑近酒桶塞子。利登把支票递给他，叫他把找头给布拉迪。黑啤酒放在那里发酵，泡沫逐渐把黑色淹没。

"我们给母马装了蹄铁。"

"它是站着的吗？"

"真费劲儿啊，"利登说，"要不是这家伙帮忙，我到现在还干不完呢。"

"这活儿得年轻人干，"麦克菲利普斯说，"当年我是小伙子时，一个人就能搞定。"

"三杯酒下肚，没有什么事你干不了。"诺里斯说。

"两杯酒下肚，没有什么事你不敢干！"利登说，掀起吧台，"是不是这样，肖恩？"

"别把肖恩扯进来。"酒吧老板亲切地说。

诺里斯看着布拉迪。"是我眼睛看错了,还是你真的掉体重了?"

布拉迪摇摇头,但他的手却摸向皮带。

"我体重增了。"

大个儿肖恩用透明的塑料纸包好三明治,放进冰箱。布拉迪伸出手,握住了玻璃杯。杯子拿在手里很凉。这个时间喝酒是不对的,喝烈性黑啤酒就更让人难受。

"你有黑醋栗吗,肖恩?"

"你弄那毒药做什么?"利登问,"把上好的啤酒都糟蹋了。"

布拉迪咽了一大口。"至少我没有把四只上好的蹄子给糟蹋了。"他终于说出话来。

大家都笑了。

"是这样吗?"利登笑眯眯地说,"你知道吗? 莫纳亨除了拉车的马什么也没有。"

"每一匹好马都需要蹄铁。"麦克菲利普斯说,他是纽布里斯的人。

"我们有了!"诺里斯大声说。

打趣的话说完了,麦克菲利普斯去下赌注。新闻播完,肖恩关掉了收音机。此时的沉默和每一种沉默一样:每个人都为沉默而庆幸,同时又庆幸沉默不会延续下去。

他们坐在那里,利登的鼻翼在翕动。

"你们中间有谁放屁了?"

"上帝啊!"高个子卡恩斯大叫一声,突然活了过来,"能把一只黑鸟给撞翻了。"

利登一口喝掉半杯酒。给马钉蹄铁使布拉迪感到很渴,他不想带着钱离开,就又要了一轮酒。

在外面的街上,学校的孩子们吃着装在褐色纸袋里的油炸薯条。有一股烤洋葱、热油和醋的气味。天越来越黑了,雨还在下。布拉迪走进小餐馆,站柜台的姑娘抬起目光:"新鲜鳕鱼和油炸薯条?"

"好,"布拉迪点点头,"还有茶。"

他坐在窗边,看着外面的天色。乌云在那些平房上空滚动。他又想起在古特山的那个夜晚。白马酒吧有一支北方的乐队。他们坐在离舞台很远的地方,交谈。她有一匹纯种小马,还有一匹三岁的马驹,她认为它能成为一匹很不错的猎马。她说话的时候,绿色的聚光灯映照着她的头发。他们跳了会儿舞,她喝了一杯红酒。后来,她叫他回家。你带油炸薯条来,我把火生起来,把锅烧上。他们就着火光吃晚饭。桌上铺着一块黄色的布。她放下柳条餐具垫,胡椒和盐，一盘盘热腾腾的食物。她的卧室里有一股除臭剂的味儿，一根小小的蜡烛在燃烧，窗帘外面有车灯闪过。他在黎明时分醒来，她还在睡，她的手放在他胸口上。当时，他全天给利登干活。那天早晨，他在主街道上走着，买牛奶和熏肉片，觉得自己是个男人。

姑娘端着他要的东西来了。布拉迪吃光摆在他面前的食物，付完账，把脸转向街道。他不得不想了一会儿，才记起他把小货车停在了哪儿。他经过一个水果蔬菜摊：一桶打蔫儿的鲜花，几盒圣诞卡片，几根绳子上挂着红色和黄色的颤悠悠的金属片。他走过那家旅馆时，听到了一支他说不出名字的乐曲。他停下来听，接着发现自己在柜台前要一杯啤酒。这一天不再属于他自己。又听见演奏了几支曲子。他一抬头，发现麦奎德也在，穿着一套深色西装，跟他妻子在一起。麦奎德感觉到了他的存在，转过脸来，点了点头。很快，一杯啤酒递了过来。在布拉迪的嘴唇上，这杯黑啤酒比刚才那杯更冷。

"这不是布拉迪吗！你无家可归了吗？"是利登。他看了看布拉迪，改变了话题。"你到底是哪儿不对劲啊，伙计？"

布拉迪摇摇头。

利登扭头看看麦奎德。女侍者递上餐巾和切牛排的刀子。

"不用在意，"他说，"不用耿耿于怀。我们都死了、消失了多少年之后，土地还会在这儿。我们其实只是借用者，不是吗？"

布拉迪点点头，要了饮料。利登把凳子拖近一点，等着啤酒送来。布拉迪有点后悔进来了。啤酒端上来后，利登把它放在杯垫上，转了过来。

"别把土地放在心上。你损失的是那个女人，"他帮倒忙地说，"那是本地区出现过的最好的女人。"

"是啊。"布拉迪说。

"为了得到这样一个女人，许多男人愿意付出任何代价。"利登说，他坐过来，抓住布拉迪的胳膊。

"那肯定的。"

女侍者端着两个嘶嘶作响的盘子走过。

"到底发生了什么事？"利登问。

布拉迪感觉自己粘在了凳子上。过去，有些日子很艰难，但没有一天是虚度的。他挪开目光。沉默在蔓延。他端起杯子，却咽不下去。

"是因为那匹马。"他最后说。

"马？"

利登看着他，但是布拉迪不想再说了。一提到马就让他受不了。

"马怎么啦？"利登追问，但随即他望向别处，给布拉迪一些空间。

"一天夜里,我回到家,她对我说,我必须买食物、付账单。她对我说,我必须带她出去吃饭。"

"你是怎么说的?"

"我对她说,去你妈的!"布拉迪说,"我对她说,我要把她的马扔到大马路上去。"

"真可怕,"利登说,"你当时喝醉了吗?"

布拉迪迟疑着。"喝了几口。"

"当然我们都这么说——"

"我走出去,打开门,把她的马牵到了马路上,"布拉迪说,"她给了我第二次机会,但从此就跟以前不一样了。什么都不一样了。"

"上帝,"利登说着,起身离开,"我没想到你是这号人。"

打烊时间过去很久了,布拉迪才找到小货车。他坐到驾驶座上,开车回家。没关系。警长认识他,他也认识警长。他不会被拦下的。道路两边都有湿漉漉的大树,电话亭,电线垂挂下来。他在落叶中驱车,只走道路的这一边。来到家门口,面包还在台阶上。狗没有回家,但他知道早上鸟儿会来把面包叼走。他看看厨房桌上，刀还在空玻璃瓶里，他上楼去了。

他把灯点亮，脱掉运动衫。他想把靴子也脱掉，但是不敢。他知道，如果脱掉靴子，早上就不可能再穿上了。他钻进被子里，看着空荡荡的窗户。现在是冬天了。外面的情况怎么样？风在园子里发出可怕的呼啸声，什么地方有一只野兽在咆哮。他希望是在麦奎德家。他躺在床上，闭上眼睛，心里只想着她。他能感觉到自己的心在怦怦跳动。很快，她就会回来，原谅他。马笼头挂在衣帽架上，衣服放在桌上。他脑海里闪过一片银光。睡意袭来时，她已经在这儿了，苍白的手放在他胸口上，她的那匹黑马又在他的田里吃草了。

## 护林员的女儿

护林员狄甘，不是那种能记住孩子生日的男人，特别是最小的那个，长得跟她母亲诡异地相像。即使脑海里偶尔闪过对女儿的疑虑，他也不会往深里想，说句实在话，狄甘没有多少时间想事情。在阿格勒，有三个未成年的孩子，还要挤牛奶，还抵押贷款。

狄甘的有些辛苦是他自找的。父亲过世时，把田产留给了几个儿子，狄甘当时还不到三十岁，他把田地抵押出去，借钱把遗产都买了过来。几个兄弟有别的志向，拿到钱很高兴，到都柏林去开创他们的生活了。银行把地契拿走前的那天夜里，狄甘在朝南的美丽牧场上漫步。把这里抵押出去让他很伤心，但他想不出别的办法。他买了一群黑白花奶牛，给农场周围安了电栅栏，还建了挤奶场。不久之后，他开车到克顿湾去找一个老婆。

一个星期天的下午，他在塔拉舞厅发现了玛莎·盾恩。狄甘穿着蓝色条纹西服，胡子修得整整齐齐，坐在那里注视着这个大屁股的女人，被一个陌生人搂着，夸张地转出一个个弧形。她的皮肤像盘子一样光滑，他们旋转时，她散发的气味使他想起着了火的金雀花。

乐队演奏最后一支曲子时，狄甘问她是不是愿意再跟他见面。

"啊，不。"她说。

"不？"狄甘说，"为什么？"

"我不想这样。"

"明白了。"狄甘说。

其实狄甘并不明白，就为了这个简单的原因，他坚持不懈。第二个星期天，他又去了克顿，发现玛莎在旅馆里独自吃饭。他问也不问就坐了下来，陪着她吃。她吃的时候，他巧妙地引导话题，从天气不错，到报纸的头条标题，最后终于绕到了阿格勒。他描述他的农庄时，开始想象她在那里往甘蓝上抹黄油，给他补裤子，把他的衬衫挂在绳子上晾干。

几个月过去了，他们继续见面，实际上是出于一种习惯。狄甘总是带她出去吃晚饭、跳舞，只要她提出想要什么，他就慷慨买单。有时，他们散步到海边。沙滩上，海鸥的脚印持续了一段就消失了。狄甘不喜欢沙子踩在脚下的感觉，但玛莎的脚步很轻松，褐色的眼睛目光平静。她满足地走着，时不时地弯腰去拣贝壳。玛莎是那种对自己的身体很满意，但不喜言辞的人。狄甘把她的沉默当成矜持，一年的求爱结束之前，他提出求婚。

"你认为你会嫁给我吗？"

这个问题提出来时，玛莎迟疑了。狄甘背对游乐场站着。他身后那么多的灯光，玛莎几乎看不清他的模样。她只能看见老虎机和一排排的角币，每过一阵，就会来一个小井喷，让某人赢上一笔。一辆面包车里，一个孩子伸手想够棉花糖。游客越来越少了，夏天即将结束。

玛莎的本能叫她拒绝，但是她已经三十岁了，如果拒绝，也许就再也不会有人向她提出这个问题。她对狄甘没有把握，但别人从没有提出要娶她，所以玛莎按照自己的逻辑，认为维克多·狄甘肯定是爱她的，便接受了他的求婚。在之后的许多年里，狄甘只认定他是爱她的，认定他表示出了他的爱。

第二年春天，当小鸟寻找理想的树枝，番红花从草丛里探出脑袋时，他们结婚了。玛莎搬进了狄甘详细描述过的家中，却发现阿格勒只是几间昏暗的、杂乱无章、无人居住的屋子，里面的家具东倒西歪。肮脏的尼龙窗帘粘在窗玻璃上。木地板上没铺地毯，天花板里都是蛀虫，不过玛莎不善理家，所以也并没往心里去。她很晚起床，在门口的台阶上喝茶，然后就像收拾箱子一样，胡乱地弄出一锅大杂烩。狄甘干完活回到家，指望她做出一桌热乎乎的饭菜，却经常发现家里锅冷灶清。他便弯下身子，找到那个装着烤土豆的大搪瓷盘，还有在炉子里已经变干的两个鸡蛋。

玛莎更喜欢穿着高筒靴在外面给洋葱播种，或砍除小路上的荨麻。护林员把他在树林里找到的幼苗带给她，有枫树和七叶树，她就把它们插在农庄上篱笆缺损的地方。她还买了二十多只罗得岛小红母鸡和一只公鸡给自己做伴。有的时候，她发现自己站在谷仓里，看着鸡们啄谷粒，觉得很快乐，随即才发现自己并不快乐。

不到一年过去，婚姻生活的无趣让她觉得痛苦：铺床，拉窗帘，关窗帘，一切都那么无趣。她感到前所未有的孤独，比单身的时候还要孤独。阿格勒这儿没有什么东西能给她带来乐趣。每个星期她骑车到村子里去，但是帕克利奇只有一家邮局，还有一家酒吧兼杂货店，店老板特别爱打听闲事。

"维克多好吗？他可是个大好人，干活一把好手。在他脚底下草都长不出来。"

"你肯定喜欢在那里生活，是不是？那可是一座漂亮的农庄。"

"他是在哪儿把你找到的？在克顿吗？他很辛苦才把你追到手，是不是？"

一个星期四，她正要骑车出去买东西，一个陌生人开着拖车出现了。一个高大精瘦的男人，留着浓密的八字胡。他把车停在她家院子里，大步走向房门。

"你对玫瑰有兴趣吗？"

陌生人的拖车里，有各种各样的植物：玫瑰，枫树，维多利亚李树，覆盆子。当时是四月底。她说现在栽种已经晚了，但小贩说他知道，不会强迫她买的。她问玫瑰要多少钱，小贩说的价格似乎很公道。他们一边喝茶，一边谈论蔬菜，谈论拔土豆的时候多么神奇，因为你永远猜不到会拔出什么。小贩走后，她用铲子把鸡粪收在一起，把玫瑰花整整齐齐地栽在房门两边，日后她可以让它们顺着窗户往上爬。

狄甘回到家，她把事情告诉了他。

"你花我的钱买了玫瑰？"

"你的钱？"

"我娶了个怎样的蠢货啊？"

"我是蠢货？"

"不然还是什么？"

"我觉得我嫁给你才是愚蠢。"

"是吗？"狄甘一把抓住自己的胡子尖，似乎想把它连根拔掉。"苦日子还没有结束呢。你一天到晚什么都不干也就罢了。你没往这个家里挣过一分钱。我整天辛辛苦苦，回来光吃干巴巴的土豆是不够的。"

"你看上去并没遭罪。"

这倒是的：狄甘体重增加，像已婚男人那样发福了。

"即便那样，也不是你的功劳。"狄甘说完，就去给牛挤奶了。

那年夏天,她的玫瑰花开得红艳艳的,可是没等大风把它们的脑袋吹落,玛莎就意识到自己犯了一个错误。丈夫把她娶回家后就很少跟她说话了,家里空荡荡的,她自己没有收入。她嫁给了一个她不爱的男人。她曾经希望过什么呢? 她曾经希望,他们的感情会逐渐加深,产生爱情。现在,她多么渴望和另一个人亲密无间,渴望一种超越误解的对话。她考虑先去找一份工作,可是已经晚了:一个孩子快要出生了。

玛莎养育孩子的方式很宽松,最多只用木勺子吓唬他们一下。第一个孩子抱在怀里时,她的笑声像一只野鸡冲出灌木丛。那个声音尖厉的小男孩渐渐长高了,但是他们很快发现他根本不是干农活的料。男孩子只要一坐在一头母牛身下,母牛的奶就缩回到犄角里去了。他偶尔去看望都柏林的几个叔叔,对他们很是崇拜,但要让他帮忙干点活儿别提多费劲了。他只要一逮着机会就会远走高飞。第二个孩子是个傻子:一个漂亮的、脸色苍白的男孩,一双绿眼睛在浓密的深褐色头发间朝外瞪着。他没有上学,生活在自己的世界里,而且有一个令人恐惧的特点:爱说真话。

真正有头脑的是女儿,小姑娘游刃有余地度过童年,就好像童年是一条温暖的水流,她可以轻松地蹚过。校车还没有开到小路上,她就做完了家庭作业。她不肯吃肉,对动物很有办法。别人都不敢接近那头公牛,她却能走过去,抓住牛鼻子上的环圈。她特别喜欢她的那个愚钝的哥哥。她总是敦促哥哥去做别人根本不相信他能做到的事情。她教他怎么打绳结和甩鱼钩，怎么擦火柴，怎么写自己的名字。

邻居们很少到农庄来，但一旦来了，玛莎就会给他们讲故事。实际上，玛莎非常擅长讲故事。在那些难得的夜晚，邻居们看见她从空气中摘下什么东西，在他们面前打开。他们离开的时候，记住的不是那座总令他们称赞的漂亮的老房子，不是那个拥有产业的神色忧愁的男人，也不是那群陌生的未成年的孩子，而是那个深褐色头发的女人，随着夜晚深入，她的头发会松散下来，那双苍白的手摘下那些匪夷所思的故事，如同摘下青涩的李子，让它们在她的壁炉前成熟。听完这些故事，邻居们有时吓得不敢出门走夜路，狄甘不得不把他们一直送到路上。这样的夜晚之后，狄甘总是把他的女人弄上床，不仅向她、也向他自己证明，她只属于他一个人。有时，他相信她就是因为这个才把故事讲好的。

可是在这个家里，就像在任何家里一样，星期一总要到来。不管黎明是鲜红色还是湿漉漉的铅灰色，狄甘总要起床，把赤裸的脚踩在冰冷的地板上，穿好衣服。他经常感到四肢僵硬，但他毫无怨言，照常挤奶，吃早饭，出去工作。他整天工作，有时干到很晚。晚上，他困得眼皮都要合上了，家里还有母牛要照料，他开车走在山路上，看到窗户里的灯光，烟囱里的炊烟，知道自己的辛苦并不是毫无意义，就觉得心里有了安慰。在他退休前，银行会把地契还给他，那时候阿格勒就终于属于他了。

虽然房子在山谷里，虽然墙壁比硬纸板厚不了多少，但是没关系。现在父母过世，兄弟们都走了，狄甘变得多愁善感。他记得的不是母亲在他小时候总躺在床上，窗帘紧闭，也不是父亲拿出皮鞭，说再也不许他淘气，而是一些点滴的小事，简单的事实。阿格勒那条小路上的那排橡树是他曾祖父种的。不管他的孩子荡得多高多猛，那些树枝都不会折断。私下里，他知道农庄给他的满足感，是他的妻子和孩子永远不会给他的。

狄甘已经人到中年。这个年龄，有人认为生活大势已去，下半辈子不过是走下坡路，没有什么选择余地了，但狄甘不是这样。对他来说，退休是他承担的所有风险的回报。等他拿到养老金时，孩子们就长大了。他想象着住在阿格勒，养一头短角奶牛。他在适当的时候起床，挑拣石头，修果园的围墙。他会拿着铲子出去，在地里再种几棵橡树。他已经感觉到干燥的石头和橡树的蓝色树荫。大儿子会结婚，生孩子，传宗接代。但是与此同时，在他早早退休、过上他渴望的惬意生活之前，他还有孩子要抚养，有账单要付，有几年的苦力活要干。

一个下雨天，狄甘在库拉廷那边给一行绿枞树剪枝，脚下突然绊到一条猎狗。猎狗躲在树丛下过夜，正梦见几匹马在沼泽地里追它，就被护林员惊醒了。面前赫然出现一个陌生人，猎狗茫然四顾，接着便想起了昨天的情景。奥堂内尔开枪打它，但是奥堂内尔的枪法赶不上他的怒气。事情其实很简单：一个蹩脚的猎手把气撒在猎狗身上。此刻，这个胡子拉碴的陌生人站在它面前，身上一股松香味儿和牛奶味儿，拿出抹了黄油的面包给它吃。猎狗吃着，让陌生人抚摸它。

狄甘这么做的时候，知道他有一天——如果没有主人来找——会小赚一笔，因为这条狗很漂亮。波浪状的白金色毛披洒在后背。它的鼻子凉凉的，褐色的眼睛很温顺。傍晚的时候，狄甘用不着哄劝它上车。猎狗自己跳了上来，把爪子搭在仪表板上。夕阳照耀着它的皮毛，风灌进它的耳朵，他们顺着下山的路朝希莱拉和公路驶去。

到了阿格勒，狄甘看见烟囱里的炊烟缕缕升上天空，心情像平常一样愉快。他倒并不相信天堂。狄甘不是一个信教的人。他知道在这个世界之外什么也没有。上帝只是一个人为了让别人远离他的妻子和土地而发明出来的一种东西。但他总是去做弥撒。他知道邻居的看法非常重要，不想让别人说他哪个星期天没去教堂。这是秋天了。褐色的橡树叶在院子里打着卷儿飘来飘去。狄甘已经累坏了，就把狗交给了他见到的第一个孩子。那碰巧是最小的孩子，而且那天碰巧是小姑娘的生日。

平常父亲连一句温和的话都不对她说，此刻，小姑娘抱住猎狗，心里想着狄甘毕竟还是爱她的。她是一个很有心计的女孩，一半是天真，一半是直觉，她穿着一件黄衣服站在那里，感谢狄甘送她生日礼物。不知为什么，护林员听了她的话，有心碎的感觉。女儿毕竟是个有血有肉的生灵。

"没什么，"他说，"你越长越壮实了吧？"

"我十二岁了，"她说，"我不踩凳子就能够到衣橱顶了。"

"是吗？"

"妈妈说我会长得比你高。"

"那是肯定的。"

玛莎正在给母鸡喂麦粒，听到了这段对话，知道并不是这么回事。维克多·狄甘决不会为孩子的生日掏腰包的。这猎狗准是他从什么地方弄来的——打牌赢来的，或是路上捡的流浪狗。但是看到自己最喜欢的孩子这么开心，她也就没说什么。

玛莎还很年轻，还没有忘记快乐。她想起了怀上这孩子的那天。那天一开始的时候并没有什么起色，云团悬在毫无生气的二月的天空。她记得早晨的阳光照进了挤奶场，风把阵雨刮进牲口棚，跟狄甘相比，小贩的双手感觉那么陌生而柔软。他从容不迫，躺倒在稻草上,对她说,她眼睛的颜色像潮湿的沙地。

从那以后,她经常会想当时男孩子在哪里,因为那天她全部的心思都在担心狄甘会回家。后来狄甘终于回来了,他像平常一样坐下来吃晚饭,问有没有更多吃的。玛莎等待经期来潮,日子过了九天还没有来,她不等了,把邻居们都请来,讲了个故事,知道这个夜晚会怎样结束。那一部分可不容易。

但那都是过去的事了。此刻她女儿坐在秋天的地上,仔细端详着猎狗的嘴。

"它舌头上有一块黑斑,妈妈。"

毫无疑问这是一个奇怪的孩子。玛莎的小女儿给死去的蝴蝶举行葬礼,吃玫瑰花,把小路上的蝌蚪收集起来,放进池塘里去让它们长出腿。

"是母的还是公的?"

玛莎把猎狗翻转过来。"公的。"

"我叫它法官。"

"别太喜欢它了。"

"为什么?"

"唉,如果有人把它要回去呢?"

"你在说什么呀,妈妈?"

"我也不知道。"玛莎说。

她把剩下来的麦粒撒在地上，进屋去把煮好的土豆沥干。

狄甘一家吃饭的时候，法官在院子里探索。不用怀疑，这是一个很不错的地方。挤奶房的铁皮墙映出了它的影子，空空的鸡窝里有一只迟下的蛋，谷仓里堆满了干草。法官顺着小路往前走，在橡树的树干上高高地撒尿，拉屎，把落叶踢得翻飞。它很想在牛粪里翻滚，这欲望简直无法抵挡，但是这样的人家一般会让狗睡在屋里。它在那里站了很长时间，望着炊烟，考虑自己的处境。奥堂内尔会出来找它的。法官捡起一块泥炭，叼进了屋里。狄甘一家正在默默地吃饭，都注视着它。它把泥炭丢在炉火边的篮子里，没等他们说话，就又出去捡了。它一直把篮子盛满才停下。狄甘一家哈哈大笑。

"不是亲眼看见真不敢相信。"狄甘说。

"你到底是在哪儿捡到它的？"玛莎说。

狄甘看着她，摇了摇头。"捡到它？我是从林产局的一个小伙子手里买的。"

女孩给了法官一片生日蛋糕，并把剩下来的土豆加点黄油捣成糊状，在门口的台阶上喂给它吃。

他们在院子里挤奶时，玛莎来到外面。这个夜晚清新宜人。天空中已经有几颗星星在眨巴眼睛。她注视着猎狗把碗舔干净。这条狗会伤透女儿的心，她对此确信不疑。她很想把它赶走，这愿望比她最近有过的任何情感都要强烈。明天，等女孩上学的时候，她就把狗弄走。她会把狗带进树林，朝它扔石子，叫它回家去。猎狗舔着嘴唇，眼巴巴地看着玛莎，一副感激的样子。它把爪子搭在玛莎的膝盖上。玛莎看着它，给它的碗里倒满牛奶。那天夜里睡觉前，她找了一块旧的鸭绒垫，在桌子底下铺了一张床，这样就不会有人踩到它的尾巴了。

法官躺在它的新床里，仰面朝天，看着桌子底下的抽屉。这户人家不太一样，但是狄甘一找到机会就会把它卖掉。它理解那个女人：她是一只护窝的母狗，一心想保护她的狗崽。最大的那个孩子只顾自己。第二个男孩的气味跟它碰到过的任何人都不一样，类似于豚草，这气味不像动物，倒更像植物，像树根，你可以把东西埋在下面。法官在这个陌生的地方很警觉，一直尽量抵挡睡意，可是厨房一片黑暗，炉火暖洋洋的，它从没有感觉这么舒服，想保持清醒的愿望很快就消失了。睡着后，它又梦见自己在第二个奶头找奶吃。它母亲曾在提那黑集市上获得猎狗比赛的冠军。母亲总是把它舔得干干净净，带着它在河里游泳，为它是自己的儿子感到骄傲。

第二天早晨，睡觉没有规律的傻子第一个起床。法官醒来了，伸伸懒腰，跟着男孩出门走向棚屋。他们把枯枝捡进来，男孩知道法官在期待什么，就尽量想把火点燃。他把树枝放在昨晚留下的灰烬上，朝它们吹气。他吹啊吹，弄得他和法官的脸上都是灰。女孩过来了，她没有笑话哥哥，只是跪下来，用她老师的声音教他应该怎么做。她把星期天的废报纸拧成麻花，把枯树枝架起来，然后擦着火柴。男孩注视着，觉得很神奇。奇异的蓝色火苗越燃越旺，不断变化，突然就腾出了烈焰。其中的某种东西使他感到快乐，感到惊奇。他总是感到惊奇，许多平常的小事，因为每天发生，别人不以为意，他却总能从中看到不同凡响的意义。

玛莎下楼来的时候，房门大开，猎狗不见了踪影。前一天夜里，她曾希望它能想办法逃走。门外吹进一股冷风。她把门关上，走进碗碟储藏室去把水壶灌满。没想到，猎狗跟狄甘家最好的瓷杯一起躺在她的水池里，她那两个小的孩子站在那儿给它清洗后背的草屑。玛莎并没有在意，但是女孩看见了她，玛莎就觉得必须骂她几句。

"我说过你可以在这里给狗洗澡吗？"

"法官的事儿你什么也没说。"

"法官，这是它的名字？"

"我昨天就这么叫它了。"

"再也不许在这个池子里给它洗澡了，听见了吗？"

"它是我的生日礼物。至少爸爸还给我买了一条狗呢，你什么也没给我买。"

"你嫉妒吗？"男孩问。

"你说什么？"

"谁在乎呢？"他说。他曾听一个邻居说过这句话，觉得值得重复一下。

"我在乎。"女孩说着，又伸手去接水。

玛莎把茶端到外面的院子里，在那里气氛似乎总是稍微轻松一些。她看着小路。最近橡树的叶子落得真快啊。她喝着茶，拔出鸡窝的门桩，把门打开。鸡们一阵风似的跑出去，奔向饲料和自由的空气，扬起一片灰尘和红色的鸡毛。她蹲下身，把手伸进窝里掏鸡蛋。

她大步进屋去做早饭，隐隐地觉得有点危险。她在早晨经常觉得危险。她希望丈夫和孩子赶紧出去忙碌。她内心某个角落总是渴望独处，独处的时候，她可以让思绪平静，让往事浮现。

她注视着鸡蛋在烧热的平底锅里变白、变硬。她一直没法吃鸡蛋。这个早晨，她又一次渴望吃到羊肝或腰子。她一向喜欢这类东西，但狄甘不让。邻居们会怎么想？狄甘家从来只吃最好的东西，他可不愿看见妻子站在肉摊前买羊肝。在一个星期二，她穿着围裙站在那里，希望自己嫁的是另一个男人，也许是个都柏林人，他会漫不经心地溜达到肉摊前，购买她想要的任何东西，根本不会在意邻居们怎么想。

锅里的鸡蛋嗞嗞作响，她走到外面，扯足了嗓门大喊。她焦虑的声音响彻了整个阿格勒山谷,山谷又把她的喊声送还给她。

"我的上帝,"狄甘挤牛奶回来时说,"但愿没有把整个教区的人都给招来。"

狄甘一家坐下来吃早饭,吃饱后就各自上路。最大的孩子骑车去职业学校。他还有一年毕业,然后就去给住在哈罗德十字街的泥瓦匠叔叔当学徒。傻子直接走到挤奶场,跪下来开始打理自己的农庄。他已经用枯干的枞树球果围了一个地界,标出自己的产业。今天他要开始建农舍了。这个星期结束前,他就给屋顶铺上茅草。法官陪女孩顺着小路去搭校车。法官回来时,玛莎把煎锅放在厨房的地上,看着它一点点地舔干净。玛莎擦也不擦一下,就把锅挂在了钩子上。让他们都生病吧,她想。她不在乎。总要发生点什么事才好。

她把法官带到树林里。阳光明晃晃地照在榛子树上。已经快十点了。玛莎现在不用看钟就能知道时间。蓝色的天空飘着小雨。有些事情她永远弄不明白。为什么冬天的太阳比七月份的白? 为什么女孩的父亲从不写信来? 她已经等了这么长时间。她摇摇头,嘲笑自己不肯死心的荒唐想法,然后在栗子树下乘了会儿凉。

法官庆幸自己不会说话。它始终不明白人类为什么忍不住要互相交谈:人们一开口,总是说一些毫无意义的话,对他们的生活很少有任何帮助。话语使他们悲哀。为什么不能停止说话,互相拥抱呢？女人哭了起来。法官舔她的手。她手指上沾着油渍和黄油。在这污渍下面，她的气味跟她丈夫不一样。法官把她的手舔干净，玛莎想要把它赶走的愿望消失得无影无踪。这愿望属于昨天，已经变成了另一件她永远没有能力去做的事情。

回到家，她在小臂上抹了肥皂，剃干净汗毛，剪了脚趾甲，把头发梳整齐，蘸上水，在后脑勺上盘成一个发髻，就好像她要去什么地方似的。然后，她发现自己骑在自行车上，冒雨拼命朝卡纽蹬去。在达西服装店，她买了挂在架子上的一件品蓝色无袖女衬衫，扣子看上去像一粒粒珍珠。为什么要买，她不知道。这衣服在阿格勒派不上用场。她要是穿着它去参加星期天的弥撒，另一个农夫的妻子就会在肉摊前走上来，告诉她这件衣服是在哪儿买的。

她回到家，换上旧衣服，出去清点她的母鸡。吉米·戴维斯丢了三只小羊，她最近感到很不安。

"咕咕咕！咕咕咕！"她敲着木桶喊。

听到喊声，鸡们从栅栏外钻过来，像往常一样将信将疑。她按着名字清点它们，松了口气。然后她跪下来，拔去花圃里的杂草。这时候所有的花都凋谢了，但早晨还没有降霜。扫帚的影子映在第二个花圃里。已经快三点了。孩子们很快就会到家，饥肠辘辘，问有什么可吃的。

她把火重新生起来的时候，法官进来，用爪子挠她的腿，尾巴摆来摆去。它挠了几次，玛莎才意识到它嘴里有东西。玛莎蹲下来，摊开手掌。法官把什么东西吐在了她掌心里。她的手已经知道这是什么，但她还是又看了一眼。一个鸡蛋，壳上一道裂缝也没有。

玛莎笑了起来。"你可真是条了不起的狗。"

玛莎从锅里倒牛奶给它喝，说女孩很快就要回家了。她们顺着小路去接她。女孩从校车下来，告诉她们，她在数学课上解决了一个词语问题，克里斯提那·哥伦布很久以前发现地球是圆的。她说要让爱尔兰总理娶她为妻，接着又改变主意，说不准备嫁人了，要去当船长。她看见自己顶着风暴站在甲板上，狂风吹走了她杯子里的红色柠檬汁。

回到家，傻子进展顺利。他在挤奶场里种了晚熟的褐色纸橡树，给他的农舍提供树荫。男孩喜欢独自待着，并不介意有时候别人把他遗忘。

大儿子从职业学校回来，身上一股烟味。玛莎叫他去刷牙，又把晚饭端上桌子。然后她上楼来。她要考虑一些事情。她脑子里的想法并不是新的。她从衣柜里拿出结婚时穿的衣服，拆开接缝，看着她的私房钱。她不用数。她知道有多少钱。她已经攒了五百零七镑，大都是从饭桌上克扣下来的家用钱。现在已经不存在如果和为什么的问题。必须决定的是，她到底什么时候离开。

狄甘回家比平常晚。"你没法看住那个新来的人。如果没人盯着，他三点钟就走了。"他吃了放在他面前的东西，起身出门去挤奶。那些母牛已经挤在牛圈门口大声叫唤了。

那天夜里他很早就上床了。他的腿走陡峭的山路走得酸痛，双脚冰冷，可是没等翻一个身就睡着了。他梦见自己站在橡树下面。一阵风吹过山谷。风势很猛，突如其来——不知是一股什么邪风，令狄甘害怕，令橡树战栗。树叶开始飘落。一切都不对劲儿，可是狄甘低头一看，却发现脚边都是二十镑的钞票。梦快要结束的时候，他就像个孩子一样想把钞票都抓住，却怎么也抓不住。最后，他不得不弄来一辆独轮手推车。他把车子装得满满的，一直朝卡纽推去。他推车走在路上，邻居们都出来瞪着眼睛看。他们眼里的嫉妒是毫无疑问的。几张钞票从手推车里飘出来，但是没关系：他的钱已经多得用不完了。

醒来后，他起床走到窗口，望着外面的橡树。它们一如既往地矗立在黑暗中。狄甘挠挠胡子，回味他的梦境。做梦变成了与跟人交谈最接近的事。他看着玛莎。妻子还在熟睡，白色的胸脯贴着薄薄的棉布睡衣。他很想把她叫醒，立刻跟她说说自己的梦。有时候，他很想带她离开这个地方，把自己脑子里的想法告诉她，然后一切重新开始。

在这个温和的冬季,圣诞节到了。到处都是霜花,鸟儿茫然失措。法官的皮毛光洁无瑕时,它跟女孩几乎形影不离了。狄甘的脾气见长,因为他每天加班加点地工作,还发现有小偷在偷圣诞树。林务局给了他一笔奖金,他全用来更换家里的天花板了。放假的时候,他整天忙着量啊、锯啊,然后是敲敲打打、上油漆。刷完最后一道漆,他把玛莎带到五金商店,让她挑选厨房里的壁纸。她挑了几卷忍冬图案的,那花色华而不实,又很难搭配。

那个圣诞节,邻居们到家里来,评论说他们每次来房子都有新变化。

"唉,老房子可难伺候了,"狄甘反驳说,"你把一辈子都花在上面,也看不出有什么改进。"但是他双手捧着黑啤酒,心里是高兴的。

"看得出来,你身后有个好女人,"他们说,"一个家怎么样全看女人。"

"那倒是的。"

玛莎不说话。她面带微笑,喝了两大杯威士忌,不管大家怎么怂恿,都不肯讲故事。

女孩得到的圣诞礼物是一盘阿巴合唱团的录音带,她听了两遍,就牢牢记住了。她最喜欢的歌是《滑铁卢》。圣诞老人从烟囱爬下来,给二儿子留了一辆二手自行车。傻子希望自己的农庄上有机器——比如一把耙早麦的耙子，或一台收割机，因为他的甜菜已经可以送加工厂了。有时候他盼望下雨。他用自行车轮胎做的甜菜叶子看上去干巴巴的，而且不见长高。

大儿子到都柏林去过节。狄甘给了他一点钱，好让他在叔叔面前抬起头来。大儿子的心思都在城里，狄甘觉得这没关系，他在遗嘱里把农庄留给了他，知道总有一天阿格勒会把儿子召回来的。狄甘送给妻子一个针线篮，玛莎用卖鸡蛋的钱给丈夫买了一双克拉克牌的格子呢拖鞋。

圣诞节的第二天夜里，一只狐狸进了院子。法官闻到了它的气味，没等它靠近鸡窝，就捕捉到风从门缝底下带进来的那股恶臭。法官从床上起来，但是门闩着。它跑到楼上，扯下女孩床上的被子。女孩起来看了一眼它的样子，赶紧跑去把母亲叫醒。玛莎听见鸡窝里有动静，立刻摇醒狄甘。狄甘穿着睡衣下来，给枪里装上子弹。猎狗更加兴奋了，它本来不知道狄甘还有一杆枪。他们一齐冲到院子里。一轮白色的月亮在空中旋转，透过云层洒下清辉。法官的舌头像抹了芥末一样火辣辣的，然而他们来得太晚了：鸡窝的门开了一条缝，狐狸已经跑了。它咬死两只母鸡，又叼走了一只。小鸡仔们惊慌失措。它们在混乱中不停地寻找，可是看见的每一个翅膀都不是妈妈的。法官看着狄甘，而狄甘只是朝天空放了几枪——好像这就能把狐狸怎么样似的。

第二天早晨,护林员出门准备拔鸡毛。他抬头看着横梁,上面挂的死鸡已经不见了,只剩下来半截绳子。玛莎正在把死鸡埋在园子里。她的眼睛都哭红了。

"太浪费了。"狄甘说着,摇了摇头。

"我们除非穷得叮当响了才能吃萨利和费恩。你把它们挖出来自己吃吧。我去做酱。"

"我们结婚这么久,你从没做过酱。"

"你知道吗,维克多·狄甘,你也没做过。"

圣诞节和新年之间的一个个夜晚很漫长。傻子用天花板的边角料,给他的农庄搭了几个干草棚,在里面钻来钻去。女孩写下新年计划,并带着二哥哥的那份惊奇,读了大哥哥新发的生物书里的"生殖"一章。阿格勒弥漫着一股油漆味,钞票拮据。狄甘感到不安。他总是做同一个梦:每天夜里他把手伸进口袋,发现钱夹里鼓鼓囊囊的钞票,他这辈子挣的所有的钱,都被剪成了两半。任他说破了天,店老板和银行职员都不肯相信这些半张的钞票是真钱。最后,所有的邻居都站在那里哈哈大笑,说这下农庄可不会再有任何改进了。

他还做了一个奇怪的梦。他在某个蓝色的夜晚回家,心中焦虑不安,因为烟囱里没有炊烟。他走进家门,家里空荡荡的。有一张纸条让他难过了一会儿,但悲哀并不长久,最后他又变成了一个年轻人，跪在地上生火。从这个梦里醒来，他为了表示亲密，把梦告诉了妻子。

玛莎仍然半梦半醒，说了一句，"我为什么要离开你？"就翻过身去了。

狄甘直起身子。这话说得多么奇怪。他从没想过玛莎会离开他，从没想过她脑子里会闪过这样的念头。这个夜晚农舍本身也显得很异样。经过这么多年，玛莎的玫瑰花爬满了外墙，风一吹，就轻轻地拍打玻璃窗。楼梯上，有一道绿色的影子在微微颤抖，像水一样。他下楼感觉有点冷，想找点东西喝喝。总有一天，这一切都会结束的。他会取回地契，买一个金属匣子，把地契埋在橡树底下。不用再为阿格勒担心，他的未来将是一只摊开的手掌。玛莎，他孩子的母亲，将会过得很幸福。他们会去旅馆过夜，买崭新的衣服。他们会到爱尔兰西部去旅行。玛莎早饭将会吃到羊肝和洋葱。他们会再次在温暖的海滩散步，狄甘不会在乎沙子钻进他的脚底。

他端着酒来到客厅。猎狗躺在壁炉前的毯子上，吸收着剩余的一点热量。狄甘一直没有找到买主。猎狗穿着一件红色天鹅绒上衣，这是玛莎为了让女孩高兴，在圣诞节期间缝制的。妻子在衣服的腹部缝了一条拉链，还给袖子镶了边。狄甘摇摇头。共同生活了这么多年，她最多只给他的裤子缝过补丁。

狄甘打开账簿，看着那些账单。课本的价钱贵得离谱。冰柜里的恒温器必须换了。房屋保险必须更新，不过那个可以再等等，他还有那辆车要交税。他算出收入和支出的总数，靠在椅背上，从牙缝往里吸了口气。这个春天日子不好过，但他会小心渡过难关，他一向都是这么做的。这一点邻居们无话可说，他们不能说维克多·狄甘没能力养家糊口。这个男人的脑海里从没出现过偷懒的念头。要多付五十九镑。他做着心算。五乘十二等于六十。差不多要花五年，不过，反正日子也得过，不是吗？狄甘又看看那些数字，叹了口气。

一直躺在自己的干草棚里的男孩，这会儿探出头来。"是钱吗，爸爸？"

"什么？"

"妈妈说你心里只有钱。"

"是吗？"

"是的。她还说你可以把自己的屁股缝在裤子里。你干吗要把屁股缝在裤子里呢？"

"你说话小心点。"狄甘说，但他还是笑了。这个男孩像生活中许多别的事情一样令人失望。他站起身，拉开窗帘。天空看上去很清朗，月亮变化不定。今年的冬青树结了红红的果子。他预感到年景不好，把窗帘又拉上了。餐具柜上放着女孩的新习字簿，封面上整整齐齐地写着孩子的名字。维克多利亚·狄甘。孩子的名字让他感到骄傲：跟他自己的名字那么相似。他后背上掠过一丝寒意。他努力让自己什么也不想，却想起了玛莎的话："我不会离开你的。"

随着账单、校服和妻子没有说出口的离家的欲望，新的一年又开始了。一场流感袭来，玛莎刚刚痊愈，新一轮流感又使她病倒，离家的念头便淡了。法官形影不离地跟着女孩。一天夜里，女孩洗澡没有闩门。猎狗用两条后腿站起来，在浴缸边上探头张望，嗅了嗅洗澡水。气味有点奇怪，但是很温暖。没等女孩明白是怎么回事，法官就钻到她身边去了。

一月，都柏林的商店大做广告。玛莎乘公共汽车去了奥康内尔，但没有逛店铺。她走过克莱里，又穿过利菲，最后来到道里尔街的电影院，嘴里嚼着硬糖，一边掉眼泪，一边看着银幕上一个爱尔兰女孩去美国的悲剧。她带着大儿子和棒棒糖回来，离家的念头幻灭了。她能去哪儿呢？她怎么能挣到钱呢？她想起了那句话，"熟人总比生人强"，她的情绪变得很不稳定。狄甘以为她正在闹更年期，就什么也没说。他变得有点害怕妻子，为了感受到一点温存，他经常让女儿坐在他的膝头。

"宝贝，"他这样叫她，"我的小宝贝。"

一个星期五的傍晚，狄甘感到生活的压力，心情低落，开车到邻居家去玩四十五点。他以为跟邻居们一起玩玩牌能使自己高兴起来，可是到了那里，却不能集中思想。五盘之后，他输掉了平常一个晚上能翻倍的钱，便起身离开。邻居们一个劲儿地挽留他，但是狄甘坚持要走，并跟大家道了晚安。

他钻进汽车时，一个陌生人把牌贴在胸口，朝他走来。

"我听说你有一条狗要卖。"

"狗？"狄甘说。

"是啊，"陌生人说，"一条猎狗。它还在你那儿吗？"

"还在。"狄甘吃了一惊，但很快恢复了平静。"我是去年九月买的，但没什么时间打猎，它派不上用场真是太可惜了。"

狄甘继续描述一条猎狗。他开始轻松自如地谈到野鸡，谈到他的狗怎样把它们轰起来，野鸡的味道多么美妙，比你在饭店里能找到的任何东西都好吃。他谈到装满泥炭的篮子，谈到自从那条狗来家后，那篮子就一直没有空过。他一提到泥炭，那男人就笑了，但狄甘没有注意到，因为他想起了过生日的女孩，还有她和猎狗如今在一起洗澡的情景。但是现在打退堂鼓已经来不及了。

"你想要多少钱？"

"五十镑。"狄甘说。这个价钱很离谱——能得到一半就算交好运了——但那男人并没退缩。

"如果它真像你说的那样，我倒是很感兴趣。我什么时候能见到它？"

狄甘迟疑着。"让我想想——"

"现在怎么样？"

"现在？"

"是啊，我想可以吧？"

"好的。那我跟着你走吧。"

那天夜里，奥堂内尔还没迈进家门，法官就认出了他。奥堂内尔总是先迈那只坏脚，跨门槛时那只脚总是犹豫不决。如果法官心里还存有半点疑虑，一闻到猎人的气味，那股青贮饲料和他用来固定头发的油膏混合的气味，这疑虑便彻底消失了。狄甘先进屋来。法官一跃而起，天鹅绒上衣在扶手椅的角上扯破了。

"哟，你还穿上自己的衣服了。"奥堂内尔说着，开始放声大笑。

狄甘有点尴尬，也跟着笑了起来。"是孩子给它穿上的。"

法官拼命想逃跑，但是厨房的每扇门都关着，两个男人迟早都会抓住它，他们不顾它的呜咽，把它塞进了奥堂内尔汽车的后备厢里。

"好了。"狄甘说。他拼命忍着才没有伸出手去。"你买了它不会后悔的。"

"买它？"奥堂内尔说，"你什么时候听说自己的狗还要买？"

狄甘注视着汽车尾灯在小路上远去,尽量不去想女孩穿着那件黄衣服,向他表示感谢的样子。他尽量不去想她坐在他膝头的情景。他告诉自己这不算什么,他也是没办法。他转身进屋时,头顶上方似乎有动静。他抬起头,玛莎穿着睡衣站在他们卧室的窗口。她举起了手,狄甘觉得惊讶,也把手举了起来。没准儿她也巴不得把狗弄走呢。就在他站在那里注视的当儿,妻子的手捏成了拳头,那拳头还在摇晃。这么看来,一切都摊在明处了。

不用说,第二天早晨,女孩奇怪法官怎么没有叫醒她。

"法官呢?"她下楼的时候说。她看着父母。狄甘坐在桌首,用力把硬邦邦的黄油抹进一片白面包。母亲把一杯黑茶举到唇边,透过热气看着自己的丈夫。

"问你父亲。"玛莎说。

"爸爸,它在哪儿?"女孩的声音哽咽了。

狄甘咳嗽了一声。"一个人来找它。"

"什么人?"

"它的主人。它的主人来找它了。"

"你在说什么呀? 它的主人? 我才是它的主人。你把它给了我。"

"实际上,"狄甘说,"我没有。我在树林里看见它,把它带回了家,就是这样。"

"可是法官是我的！是你给我的。"

她跑到外面，叫着法官的名字。她找遍了整个农庄，和所有她们藏猫猫的地方：法官埋骨头的"小窝窝"，干草棚里的秘密通道，野鸡睡觉的榛树丛后面的小树林。她找啊找啊，最后终于明白法官已经走了，她的想法也因此而改变。原来，父亲从来没爱过她。她决定逃走，但发现她连学校都去不了。她吃得跟一只麻雀一样少。一个星期过去了，她不再说话。每天晚上她都骑车出去，叫着法官的名字：

"法官！法官！"声音传遍了整个教区。"法官！"

狄甘知道女孩有点疯狂了，但女孩会挺过去的。这只是个时间问题。除此之外，阿格勒基本上还是老样子：母牛到门口来等着挤奶，牛奶装进奶罐被收走。玛莎的母鸡在啄谷粒，夜里钻回窝里，下蛋。一大早把锅拿下来，再挂回到钩子上，然后再拿下来。两个男孩一如既往地为某件东西属于自己而争吵不休。

有时，狄甘带着细颈瓶和三明治坐在林子里，为猎狗的事感到后悔，但大部分时间他不往心里去。最让他烦恼的是这件事的后果，而不是起源，妻子现在不跟他说话，也不再睡在他身边了。

有时，玛莎仿佛看见自己那天早晨在树林里，朝法官扔石头。法官夹着尾巴逃跑。它频频回头，她感到愧疚，但知道自己做的事是对的。构成她生活主要内容的，都是些从未发生过的事。她把奶酪放在面包上烤，但女孩不肯吃。玛莎坐在她的床上，想说服她再养一条狗，一条属于女孩自己的小狗，一条她可以爱的狗。

"我们可以在报上找找。希莱拉外有一窝狗崽要卖。是吉姆·穆林斯的。你会爱上一条——"

"你知道什么是爱？"

这戳到了她的痛处。"我知道什么是爱。"玛莎强调说。

"你连爸爸都不爱。你关心的只是钱。"


一天晚上，狄甘翻山越岭地回来时，发现家里的炊烟比平时浓。狄甘看见了。他隐约就有了点怀疑。院子里停了十一辆车。每一辆他都认出来了。他从没见过一个晚上来这么多邻居，而且来得这么早。戴维德来了，里德蒙也来了。还有达菲夫人，外号是"先锋晚报"。那辆栗色掀背式汽车则属于神父大人。

狄甘跨过门槛，看见一堆熊熊的旺火，用一阵阵的热浪烘烤着厨房的地板。狄甘穿着旧衣服觉得不堪一击，跟大家道了晚安，把帽子脱掉了。

"啊，男主人回来了！"

"谁也比不上干活的人！"

"你还有地方坐下来吃晚饭吗，维克多？"

"我们闯到你家来了。"

"没关系,你们不是受邀请的吗?"玛莎说。

她把一个热乎乎的盘子放在狄甘面前。里面是烧熟的牛肉里脊,烤土豆,洋葱,蘑菇。一碗满满的炖苹果上面堆着乳蛋糕。狄甘坐下来吃饭,给自己念了祷词,拿起刀叉。他不知道怎么一边吃饭一边招待客人。几个孩子不见踪影。妻子给大家递啤酒,强力黑啤,对邻居们笑脸相迎。

"都喝掉!"她说,"有的是。莫里西那个小伙子太可怕了,不是吗?"她的声音很奇怪。跟平常的声音不一样。

邻居们坐在那里闲聊,玫瑰花,燕子,石油工人罢工。他们在热身,等待着晚间的娱乐。谈话中开始夹进一些闲言碎语。是里德蒙起的头,说他去找维兰姐妹借锚钩,他自己锚钩的柄坏了,结果发现她们在一个盘子里吃饭。"贝蒂,你蘸你自己那边!"他学着说道。响起一点笑声,笑声中还有一点警告。

店老板告诉他们,丹·法雷尔到店里,站着吃了五客巧克力冰激凌。"五客巧克力冰激凌! 肯定能痛痛快快地拉一泡。没想到,他吃完最后一个,却叫我把它们都记在账上!"

玛莎微笑。她似乎真的被逗乐了。她伸手拿一块垫布,从炉子里端出果馅饼和夹有葡萄干的心形小软饼。糕饼黄灿灿的,面包发得很煊。

"快瞧瞧这个吧!"达菲夫人说,"在集市上准能获奖。我以前还以为你不会烤糕点呢。"

玛莎把糕饼高高地堆在狄甘最好的大托盘里,分给众人。她在演戏,狄甘意识到了。她演得很好。没有人相信这样的事不是每天发生。母牛站在门口哞哞地叫,等着被放进来,可是狄甘无法动弹。他身体的每个细胞都催他起身,然而他的好奇心比他的理智更强。他叠起双腿,无意中踢到了坐在法官那张旧床里、侧耳细听的男孩。

"对不起。"他说。

听到他的声音,邻居们转过头来,这才想起了他。

戴维斯说,他一路走到希莱拉,到了那里,一只脚疼得要命。他脱掉靴子,发现里面有一把大勺子。

"不是一把小勺子,是一把大勺子!"

"你开玩笑!"谢拉·洛克说。她每次听到什么不相信的事情,都这么说。

汤姆·凯利说,他准备把挤奶场处理掉算了,挤奶不再赚钱。"当农民的日子没几天了,"他摇着头说,"牛奶的价钱还跟十年前一样,不是吗?"

他们就这件事聊了一会儿,然后,农场的话题渐渐聊完,陷入了冷场。大家有一搭没一搭地扯几句闲话,不痛不痒,后来便沉默了。邻居们又添了些酒，开始望着玛莎。他们不再说话。有人咳嗽了一声。戴维斯交叉起双腿。因为神父在场，就由他提出请求。

"狄甘夫人，我听说你特别擅长讲故事，"神父说，"我还没听你讲过呢。"

"哎呀，神父，那不算什么。"玛莎说。

"是啊，给我们讲一个吧，玛莎！"

"上帝作证，她讲的故事谁都比不上。"

"她需要我们再说几句好话求求她。"

"啊，不是的。"玛莎一口喝光杯里的酒。今晚，她需要喝酒。她母亲总说她父亲一家有吉卜赛人的血统，吉卜赛的血液会把他们带上旅途。她不止一次被当成吉卜赛人。她在椅子上坐定，知道自己要讲什么故事。只是需要想清楚从哪儿开始。

"唉，你们以前都听过的。"

"如果你不给我们讲个故事，我们就都回家了！"布莱斯林喊道。

"这样劝女人可不合适。"神父说。

玛莎出神地望着屋里。有时候她身上有一种令人害怕的东西。她望着自己的脚，凝神思索。在开始之前，她必须找到那股气味。每个故事都有自己独特的气味。她最后选定了玫瑰花。

"好吧，我就给你们讲讲这个故事吧。"

狄甘的妻子把头发往后一捋,舔了舔嘴唇。

"好戏开场了!"戴维斯摩拳擦掌。

玛莎又等了等,直到屋里安静下来。她不知道自己会说什么,但故事是现成的,她只需要把它翻捡出来,找到合适的语言。

"从前有个女人,在海边的一家旅馆里打工,包吃包住,"玛莎说,"她不是那里的人。她老家在布莱,到南边来找工作。她工作的地方是一座明亮的新平房——就像你们在克顿看到的那种。算不上时髦,但干净、整洁。莫娜是个皮肤白净的大块头女人。她高个子,白皮肤,长着雀斑。别人有时候以为她是吉卜赛人,但不管别人怎么想,她血管里并没有吉卜赛人的血液。她是个邮差的独生女,有一件事她很擅长,那就是跳舞。女人可以在一枚硬币上旋转,而且从不会踩着兔子耳朵。"

"真是个可爱的女人。"布莱斯林轻声说,想起了自己的某件往事。

"总之,她那天晚上又去跳舞了。正是夏天,舞厅里人多拥挤。她并没有存心要找男人,但那天晚上,有个农夫一直邀请她跳舞。那是个精瘦结实的男人,留着红色的大胡子,但脚步倒挺轻盈。他领着莫娜在舞池里翩翩起舞,就像猫的舌头舔着盘里的奶油。他们聊天,但是农夫三句话不离他的那个农庄。那么多公顷的土地,小路旁绿树成行,农舍非常漂亮。他谈到新的挤奶场,还有果园，还有高大宽敞的天花板。因为没有更好的名字，我就暂且叫他诺兰吧。

"然后诺兰问女人愿不愿再跟他见面，女人说不，但是诺兰不是那种轻易罢休的男人。他是家里的长子，一向是自己说了算的。女人走到哪里，他就跟到哪里。那天，女人吃饭的时候一抬头，就看见他在那儿，从窗户外面看着她。诺兰穷追不舍，女人便妥协了。到了最后，顺着他倒比不顺着他容易些，但愿你们明白我的意思。但是诺兰也有他的好，请女人喝茶，给女人买圆饼，从来不让女人掏腰包。而且，他们总是去跳舞。

"他们跳狐步舞、快步舞、慢步舞，就好像他们是在同一个舞池里长大的，但是莫娜心里并不真的喜欢他。他身上有一股怪味，有点像快要腐烂的梨子。他的汗味很浓很冲。实际上，他已经过了最好的年纪。他们跳舞的时候一切都很好，可是舞曲一停，女人的嘴唇被亲吻时，就知道他们俩不合适。然而，莫娜像每个女人一样，渴望拥有属于自己的东西。她想到在诺兰描绘过的那个农庄里生活。她仿佛看见自己星期天做完弥撒后，坐在树荫下的板凳上看报纸。她还仿佛看见有个孩子在后院里玩耍，像所有的孩子那样，拿两个锅盖敲着玩儿。

"一天晚上，诺兰问女人愿不愿意嫁给他。'你想过跟我结婚吗？'他说这话时背对着灯光，女人看不清他的脸。他们是在海边。莫娜听见浪花拍打着海岸，孩子们在尖叫。夏天快要结束了。女人其实不想嫁给他，但是自己已经不再年轻，知道如果拒绝，就不会再有人向她求婚了。"

"现在说到关键的地方了。"里德蒙说。

"好吧，我长话短说——"

"哎呀，我们着什么急？"神父说，"如果是长话，就不要短说。"

"这跟我们对你布道的评论正好相反，不是吗？"戴维斯喝多了。他拿过威士忌酒瓶，趁瓶里还没空，又给自己倒了许多。

神父的肩膀耸起又放下。

"我的故事怎么能跟您的布道相比，神父。"玛莎说，用眼睛瞟着那边的狄甘。丈夫一动不动地抱着双臂。玛莎看见了桌子底下的男孩，但现在打退堂鼓已经来不及了。她想起了女孩，还有女孩从学校拿回来的成绩单，便继续往下说道：

"于是，这个女人莫娜接受了他的求婚。她嫁给了这个男人，跟他一起去农庄生活。莫娜听了他的那些话，以为农庄是一栋豪宅，那天一进门，着实吓了一跳。那座老房子只有一个优点，不潮湿。诺兰养了一群母牛，这倒不假，有一个挤奶场，但是家具全被虫子蛀了，乌鸦在烟囱里做了窝。莫娜拼命想把家里打扫干净，可是当她发现有两套假牙跟勺子放在一起时，她放弃了。结婚的当天夜里,她感觉到床垫里的弹簧戳了出来,如同不可饶恕的罪行。在有些日子里,她只能拼命忍住不哭。

"诺兰整天在田里忙碌,一直干到深夜。女人一旦弄到了手,他就不再关心她、在意她了。他大多数时候都不在家。莫娜并不总知道他去了哪里。她倒并不担心他跟别的女人鬼混。做弥撒时,她见过他盯着别的女人望,但她知道除了她自己,丈夫不会去碰任何人。如果他跟别的女人不干不净,邻居们肯定会发现的。大家都知道,诺兰最害怕的就是邻居。

"每天晚上他一回家就嚷嚷肚子饿,寻找吃的。莫娜对食物不讲究也不挑剔,总是弄几个土豆,配上一块牛排或一碗炖汤。日子就这样过去了几年,却不见有孩子的迹象。邻居们开始觉得奇怪,开始议论纷纷。传出了一些闲话,有几句说得很难听。一个店老板问莫娜,他们俩是在哪儿认识的。她告诉了他,他说:'你跑这么远的路找了个蔫种吗?'有人开始为诺兰感到难过。诺兰知道别人怎么议论他,也开始为自己感到难过,他认为——恕我冒昧,神父——他认为,像许多没有孩子的男人一样,他的种子落在了贫瘠的土地里。他想当然地责怪妻子,因为他们不管多少次——"

"我想,肯定没有什么比结婚生不出孩子来更糟糕的了,"达菲夫人说,"我经常想,我有了自己的孩子真是好幸福。"

"是吗?"谢拉说,"你那宝贝可是整个教区最好的孩子,对不对？"

"哟，我可没那么说。"

"你们能不能闭嘴？"戴维斯说，"你们能不能都别说话，让这女人把故事讲完？我一直等着听呢。"

"我只不过插了一句嘴嘛。"达菲夫人说。

"说的就是这个，不是吗？"玛莎说。

玛莎又看着狄甘。狄甘用目光请求她别再说了。玛莎垂下脑袋，等屋里重新安静下来，好继续讲故事。现在她决心已定。她本想把这个故事安在别人身上，尽量弄得神不知鬼不觉。但现在她没有把握了。

"我讲到哪儿了？"

"你忘了自己讲到哪里，这不能怪你。"神父说。

"哦，对了。"玛莎说，其实她很清楚自己讲到哪里了。"他们结婚了。他们结婚六年，孩子连一点影子都没有，后来有一天，莫娜一个人在家的时候，一个陌生人拿着玫瑰花苗来到了大门口。莫娜以前从没有见过他，觉得他长得不像教区的任何人。诺兰那天出门到合作社去买种子了，他每次去合作社，都不着急回来。莫娜现在瘦了一些。就在大门口，站着这位小贩——"

"哦，他卖什么呢？"戴维斯轻声问。

"戴维斯，你闭嘴行不行？"

玛莎停住话头，让心头的怒火上升。他们都感觉到了。达菲夫人同情地看着她，但玛莎已经对同情不感兴趣。

"玫瑰！"她几乎是喊了出来。"他在卖玫瑰。'你对玫瑰有兴趣吗？'他问女人。他是个挺帅气的家伙，个子高高的，脸刮得干干净净。他不像诺兰那样留着脏兮兮的大胡子，莫娜能清清楚楚地看见他的下巴。她很想伸手去抚摸他的下巴，可是他比自己年轻好多岁呢。"

"差不多还是个孩子！"

"姐弟恋啊！"

"这位陌生人的面包车后面，放着各种各样的玫瑰花苗和果树苗，应有尽有。女人把玫瑰花苗都买了下来，并请小贩进屋喝茶。她洗茶壶的时候，小贩问她结婚没有。

"'结婚了，我丈夫去买种子了。'

"'他自己没有种子吗？'小贩问。他说的是土豆——可是女人望着他。

"'没有，'她坦诚地说，'他自己没有种子。'

"她说这句话的口气让小贩感到紧张。他站起身，走到窗口。他说女人的绣球花是他见过的最蓝的。他出门去抚摸那些花。阳光照在抚摸绣球花的男人身上，令女人深深着迷。她走到男人身旁，用手碰了碰他的喉咙，随后男人举起大拇指，抚摸她的嘴唇。跟诺兰的手相比，他的手很柔软。

"'你眼睛的颜色像潮湿的沙地。'男人对她说。"

男孩躲在桌子底下，聚精会神地听母亲说话。这是一个不同的故事。故事里的情景真的发生过，因为男孩记得那个男人，还有那些绣球花。接着还有妹妹在圣诞节告诉他的那些事情，妹妹在生物书上读到的知识。他希望母亲继续讲下去，把故事讲完。他喜欢厨房里的这些人。他希望他们能一直这样开心。

"女人把玫瑰花苗种在门厅外面。"玛莎接着说，"那天夜里，诺兰回到家，骂她是个傻瓜，糟蹋了他的辛苦钱。'你算个什么女人，用钱去买花？'不仅如此，他还骂女人从来不给他做一顿像样的晚饭。'我整天在外出力干活，你就给我吃土豆白菜？'"

"他被宠坏了！"

狄甘再也忍不下去了。有些事情他不愿意听。玛莎会扯进狗的事，女孩的事。只有上帝知道她说到哪儿才结束。邻居们听得那样专心，带着他们从没有过的神情，似乎这是玛莎讲过的唯一一个故事。他站起来。他刚一起身，邻居们都转脸看着他。

"听着那些可怜的母牛哞哞地叫，我真受不了啦。"他说，"请你们原谅。"

邻居们把椅子推开给他让路。木头椅腿在地上吱嘎作响，他们腾出地方让他出去。他走到门口，不知道哪儿来的力气打开门闩。

109

到了外面，他勉强把门在身后关上。他靠在墙上，尽量不去听。他在内心深处一直知道女儿不是他的。女儿太奇怪、太可爱，不可能是他的。

有那么一会儿，他听着玛莎的声音，努力不去听清她说的话。但是他克制不住自己，他想听到细节。他竖起耳朵捕捉只言片语。从玛莎讲故事的语气听来，她知道丈夫在听。最后，他听见他的儿子，那个傻子，叫了起来："妈妈有个男朋友！"

狄甘的双腿把他带到院子里，手抬起来打开了电灯，他晕晕乎乎地把母牛一头头牵进牛栏，找到挤奶器，给母牛挤奶。他挤得并不从容，但也不匆忙。他只是尽力干活，仅此而已。挤完了奶，邻居们出来了。他们走出了他家的大门。狄甘对大门还有一些雄伟的计划，但现在似乎已经无所谓了。他朝一些人挥挥手，他们也朝他挥手，但没有一个人大声说话。

狄甘在挤奶场里待了很长时间。他用院子里的刷子刷了过道，起出牛栏里的牛粪。他给槽里铺了新的干草，换掉链子上一个松动的环扣。这件事是他很久以前就打算做的。

最后，狄甘进了屋。这毕竟是他的家。玛莎没有上床。她还在那里，坐在炉火前。她的周围是那些空椅子、空酒瓶。狄甘看看桌子底下，男孩已经不在那儿了。

"你现在高兴吗？"狄甘说。

"结婚二十年,你终于问了。"

"你想要的就是这个?"

玛莎举起一杯威士忌,望着自己的丈夫。

"生日快乐,维克多,"她说,"健康长寿。"

沉默笼罩了狄甘的家。话已经说得太多,再也无话可说。邻居们最近躲得远远的。狄甘不再去做弥撒,他觉得这已经毫无意义。他下班更晚,吃饭,给牛挤奶,每个星期四把钱扔在桌上。

玛莎不再做早饭,狄甘也不在乎。女孩回去上学了,虽然一切都很正常,但她跟过去不一样了。她不再谈论要当船长,要嫁给爱尔兰总理。只有傻子一个人乐呵呵的。他把整个挤奶场变成了一个农庄。他的棚屋搭好了,他的联合收割机停在墙根。他的农庄把整个地面都占了。农庄的边缘挂着尼龙帘子,像雨帘一样。

一天夜里,男孩正在放牛,突然听见窗户外面有动静。是风吹动了玫瑰花丛。也许是一只老鼠。男孩站起身,想着是不是能把老鼠弄死。他两次看见父亲用铁锹拍断一只老鼠的脊背。一拍就死。他拿着拨火棍,蹑手蹑脚地走向门口,竖起耳朵听着。他听见了爪子声。打开门,一条狗站在那里,一条流浪狗。恍惚间,他想起了什么。男孩抚摸着狗,摸到脏兮兮的狗毛下面突出来的骨头。狗在颤抖。

"进来烤烤火吧。"男孩说着，挥了一下手。这是母亲对那个陌生人说的话，然后陌生人就跟母亲进屋了。此刻，流浪狗跟着他，顺着台阶走进了他家。男孩现在是一家之主了。他关上门，努力回忆怎样把火点着。应该不难。他不是自己建了一个完整的农庄吗？ 他从煤斗里拿出报纸，拧成麻花。妹妹教过他怎么做。他把报纸放进自己家的炉膛，那是地毯和墙板相接的地方。他花了好长时间，总算擦着了一根火柴。

"湿了，"他说，"火柴湿了。"

纸做的橡树燃烧起来，男孩的篱笆堆得很高。

"好了，"他对狗说，"到火边来暖暖身子吧。"

男孩痴迷地注视着火苗。它们把报纸变成黑色，又蔓延到干草棚上，燃着了他的屋顶，吞噬了他的尼龙雨帘。这是他建造的最漂亮的东西。他打开门让风吹进来，把火吹进烟囱里。男孩隐约觉得有点不安，但他往后站了站，放声大笑。

他看看周围，但狗已经上楼去了。狗往床上一跳，落在玛莎身上。

"法官，"女孩说，"法官。"

楼下飘来烟味，玛莎也闻到了。狄甘在那边的房间里。他睡得真死。

"爸爸!"女孩喊道。

浓烟滚滚,进入一个个房间,在整个房子里弥漫。男孩敞开大门站在那里,入迷地看着蓝色的火焰掠过天花板。玛莎穿着睡衣,把他拽了出去。狄甘不想起床。他睡眼蒙眬地看着那条狗。不知为什么,看见狗回来他很高兴。他翻了个身,还想继续睡。似乎过了一个世纪,他才承认房子着火了,然后鼓起勇气走下楼来。

全家人都出来了,却束手无策,站在那里望着房子发呆。阿格勒在燃烧。狄甘砸破客厅的窗户,想用水去泼火。可是玻璃刚打碎,火舌就蹿出来,舔舐房檐。狄甘的腿不听使唤了。他看着孩子。男孩平安无事。女孩把狗搂在怀里。有一瞬间,狄甘仍然相信能保住他的家。但这一瞬间过去了。他脑海里闪过保险这个词。他看见自己流落街头,但这想法也转瞬即逝。狄甘光着脚,走向他的妻子。没有眼泪。

"你现在难过吗?"他说。

"难过什么?"

"你难过你出轨吗?"

他看着妻子,渐渐明白她一点也不后悔。她摇了摇头。

"我难过你拿女儿出气,"她说,"仅此而已。"

"我当时不知道自己在做什么。"这是他第一次承认。如果他顺着那条路走下去,将会永无尽头。即使在最有把握的时候,狄甘也不相信任何事情会有一个结束。他们站在那里，后来火势太旺，他们不得不往后退。

现在他们必须背对着阿格勒。对有些人来说，小路从未显得这么短。对另一些人来说则正好相反。但是，小路从未像现在这样明亮：火星和灰烬在空中飞舞。似乎那些橡树也会燃烧起来。母牛挤到栅栏前，一边注视着，一边烤火。它们的身影很恐怖，但同时在火光中看着又有点滑稽。

玛莎握住女儿的手。她想到了往事，想到了小贩和所有那些废弃的红玫瑰。女孩从来没有这样高兴。法官回来了，她现在只关心这一点。她还没想到是她教会了哥哥怎样点火。这种负罪感以后自会浮现。狄甘感觉麻木，同时也感觉比以前轻松。过去的辛苦结束了，新的劳作还没有开始。小路上，水洼里映出火光，像银子一样闪闪发亮。狄甘抓住一些想法：他还有工作，这只是一座房子，他们还活着。

最难受的是男孩，他的农庄没有了。他所有的辛苦，由于他自己的错误，化为了乌有。但是他兴趣盎然。他回头望着自己的作品。从来没有谁生过这么旺的大火。小路尽头，邻居们逐渐聚在一起，慢慢地朝他们走来。现在他们越走越近，提出到他们家去过夜。

"谁在乎？"男孩一边走一边低声说，"谁在乎呢？"

## 在　水　边

今晚，他来到外面的阳台上，黝黑的肤色衬着白色的礼服衬衫，格外醒目。他离开剑桥到得克萨斯海边来跟母亲相聚，已经有五天了。他站在高处，风势很大。高高的盆栽植物里那些叶子像是假的，轻轻拍打着玻璃滑门。他不喜欢这豪华的顶层公寓，墙上张着大嘴的箭鱼，蓝色的瓷砖，还有那么多的镜子，就连最简单的动作也被照得清清楚楚。

一清早，勤杂工就在内部区域摆好木头躺椅，支起蓝色阳伞。太阳越升越高，房客们纷纷出来，几乎一丝不挂地躺在阳光里。他们带着平装书、浴巾，从冰箱里拿出无糖可乐和防晒乳。他躺在树荫里，注视着那些小腹像平板一样的小伙子在海滩上成群结队地走。他们是跟他年龄相仿的大学生，住在附近的汽车旅馆里。

快到中午时，热得有点无法忍受，他下了海，朝着离岸边足有半英里的沙洲游去。他现在看清了，汹涌的海浪冲刷着浅滩。海潮在上涨，侵蚀着经常被人踩踏的白色沙滩。禁止使用 DDT 已经十年，褐色的鹈鹕又回来了。它们在海面掠过，从高处一个猛子扎下来，用巨喙叼起猎物，看上去像史前动物一样。一位慢跑者在贴近水边的坚实沙地上跑，身边是他的影子。

屋里，母亲在跟继父吵架，继父是爱尔兰共和军，这片建筑群就是他的。他出身低贱，靠出口贸易和房地产挣了大钱。父母离婚后，母亲说，一个人会爱上谁是自己无法控制的，几个月后，她就嫁给了这位百万富翁。此刻，他能听见他们压低声音的对话，随着争论的升级，语速也越来越快。还是那一套话。

"我提醒你，理查德，别再提这件事！"

"是谁提的？谁？"

"看在基督的分上，今天是他的生日！"

"有谁说什么了吗？"

年轻人垂下目光。下面，在热水浴缸旁，一位母亲鼓起勇气，钻进了嘟嘟冒泡的热水里。奔跑的孩子们的尖叫声划破夜空。他又感到了每次家庭聚会时都有的恐惧，不知道自己为什么要回来，他本来可以穿着T恤衫、牛仔裤待在剑桥，在电脑上下棋，喝澳大利亚啤酒。他从口袋里掏出那副袖扣，是外婆临死前送给他的礼物。镀金的袖扣，上面的金子慢慢脱落，露出里面的钢。

外婆刚结婚时，央求丈夫带她去海边。他们是乡巴佬，是田纳西的养猪人。外婆说她从来没有见过大西洋。她说，如果能看一眼大海，她就能安心过日子了。她也不知道为什么，每次问丈夫，他的回答都是一样。

"谁来照顾这里的事儿？"

"可以请邻居——"

"什么邻居？ 这是我们的身家性命，马茜。你知道的。"

几个月过去，她怀上了孩子，身子越来越重，终于不再提要去看海的事。一个星期天，丈夫突然把她摇醒。

"收拾一个包，马茜，"他说，"我们去海边。"

他们上车的时候，天还没有亮。开了一整天，翻过田纳西的一座座山，前往海边。车窗外的景色从绿色的丘陵农田，变成了干燥的平原，长着高高的棕榈树和蒲苇草。到海边的时候，太阳正在西落。她从车里出来，看着圆圆的太阳沉入海中，惊讶得说不出话来。大西洋看上去绿绿的。海滩显得孤零零，弥漫着海草的臭味，海鸥在沙滩上抢夺残留的食物。

这时，丈夫掏出了他的怀表。

"一小时，马茜。我给你一小时，"他说，"如果你到时候不回来，就想办法自己回家吧。"

她光脚在泛着泡沫的海边走了半小时，然后在悬崖上的小路转过身,注视着丈夫。在规定时间超过五分钟时,他砰地关上车门,点燃发动机。就在他把车开走的一刹那,她窜到路上,拦住了车子。她上了车,跟这个打算抛下她独自回家的男人生活了一辈子。

为了庆祝他二十一岁生日,在莱昂纳多餐厅设了晚宴,就是那家看得见海景的豪华海鲜酒楼。母亲穿着白色套装,系着莱茵石腰带,到阳台上来找他。

"我真为你感到骄傲,亲爱的。"

"妈。"他说,让母亲拥抱自己。

母亲是个娇小的女人,脾气火爆,喜欢购物。每次出去购物前,她喝一杯兑了伏特加的鲜榨葡萄汁,在台子上列一份单子。橄榄油,菊芋头,香脂醋,小牛肉。这些东西都是她根本买不起的。她躲开厕纸和狗粮的货架,直奔熟食,指着那些扁鲨、意大利熏火腿、有机奶酪。一次,她买了一罐十盎司的白鲸鱼子酱,在停车场用手指拈着吃。

"我真为你感到骄傲。"现在她说,看着他的喉部。她放下酒杯,伸手给他打领带。"行了。"她说,退后一步,再次端详他,"有几个当妈的能看着自己的儿子说'我儿子上哈佛'?我是田纳西州一个养猪人的女儿,我儿子却上了哈佛。情绪不好的时候,我总会想起这点,然后就开心得不行。"

她喝了一口杯里的酒。她的指甲涂成一种闪闪发亮的刺眼的红色。

"那没什么,妈。"

她望着远处的海面,又望着下面的海滩。他永远不知道她脑子里在想什么。

"你好好表现,总有一天这些都是你的。"她指指那些建筑群。她的手势以不同角度映在身后房间的大镜子里。"你不明白我为什么要嫁给他,我一直都是在为你考虑呀。"

"妈,我不——"儿子刚想说话,百万富翁拿着一支点燃的雪茄走出来,对着夜晚喷了一口烟。他是个相貌平平的男人,穿一套意大利西装,有一口用钱可以买到的最白的牙齿。

"都准备好了吗? 我简直吃得下一个小孩。"他说。

他们乘电梯来到底层,服务生打开大门。另一个穿着镶金边制服的男僮把车开了过来。百万富翁给了他小费,坐到了驾驶座上,其实顺着海滩走到餐厅用不了十分钟。

到了莱昂纳多,老板过来迎接,跟继父握手。餐厅中央长着一棵棕榈树,树枝上拴着一只鹦鹉。他们被引向枝形吊灯下的一张桌子。橙黄色的灯光洒在白色的桌布上,墙壁里传来大提琴演奏的音乐。一篮面包端上来了,还有黄油,和放在木板上的各种带壳的海鲜。继父伸手取了一只牡蛎，用刀子剖开，一口吞下。母亲拈起一只胖胖的海虾，这时餐厅领班出现了，瘦瘦的，深棕色的皮肤。

"今晚有何吩咐？"

继父要了红酒，并叫他把香槟拿上来。

"你听说过克林顿那家伙吗？据说如果他当选总统，他就要让同性恋参军。"他说，"你是怎么看的，哈佛？"

"理查德！"妈妈说。

"没关系，妈。嗯，我并不认为传统——"

"接下来呢？女同性恋给游泳队当教练，竞选参议院？"

"理查德！"

"我们的国防会变成什么样子？一群同性恋！我们可不是靠这个赢得两次世界大战的。真不知道这个国家会变成什么样。"

厨房里飘出辣根和小茴香的气味。水缸里一只龙虾挣脱了，侍者把一个网伸进水里，用一根粗粗的橡皮筋绑住龙虾的螯。

"别谈政治了，"母亲说，"今晚属于我的儿子。他上学期平均分三点七五。你认为怎么样，理查德？"

"三点七五？不错。"

"不错？嘿，当然不错！他是全班第一！"

"妈。"

"不，这次别想让我闭嘴了！他是全班第一，他今天二十一岁了！是个成年男人了。我们为他干杯。"

"我有个主意。"百万富翁说。

他把香槟倒进笛形的细长酒杯。香槟嘶嘶冒泡，他等着气泡消失。

"为了得克萨斯州最聪明的小伙子……"他说。

他们露出微笑，突然放松下来。这顿晚宴或许有可能跟别的晚宴不一样。

"……为了军队里不收同性恋！"

母亲的笑容僵在脸上。"该死的，理查德！"

她举起双手。儿子看着她手的动作，意识到那些钻石有多漂亮。

"怎么啦？开个小玩笑嘛，"她丈夫说，"难道这里的人都听不懂玩笑了吗？"

侍者端来一个金属托盘，是正餐前的开胃菜。大比目鱼给女士，鲑鱼给小伙子，还有一只龙虾。

百万富翁把围嘴系在脖子上，拿起钳子，打开了龙虾的螯。

"哈佛肯定有一些漂亮女人，"他把肉剔出来，说道，"一些真正的俏佳人儿。"

"他们录取我们是看智力，不看相貌。"

"话是这么说。最好的，最聪明的。你怎么从来不带女孩子回来？"

这时候，他可以说点什么。他想好了反驳的话，决定把它说出来，但是他看着母亲，话到嘴边又迟疑了。母亲用眼神祈求他保持沉默。

"她们肯定像苍蝇一样围着你转，"百万富翁说，"像你这样的小伙子。知道吗，我跟你这么大的时候，每个周末换一个女人。"

"这些橄榄！"母亲说，"尝尝这些橄榄！"

百万富翁把头埋下，专心致志地吃龙虾。小伙子从鲑鱼的骨头上剥下一片肉。母亲盯着树上的鹦鹉。

"你还需要什么吗？"她带着那种熟悉的、歉意的笑容。

"不了，妈，"他说，"我没事。这挺好的。"

盘子收走了，侍者收拾掉桌布上的碎壳，领班回来在继父耳边说了几句什么。枝形吊灯熄灭了，一位紧张不安的墨西哥侍者端着点了蜡烛的蛋糕从厨房里出来，嘴里唱着"祝你生日快乐"。蛋糕是粉红色的，他从没见过这么粉红的蛋糕，就像两个双胞胎姑娘的洗礼仪式上的蛋糕。

百万富翁咧嘴笑着。

"许个愿吧，亲爱的！"母亲喊道。

小伙子闭上眼睛，当眼睛闭上时，他才发现自己并不知道要许什么愿。这是这一天最不愉快的时刻，但他还是用力把蜡烛吹灭了。

百万富翁拿出刀子，把蛋糕切成大小不等的几块，就像圆形分析图一样。小伙子往嘴里塞了一块，舔了舔糖霜。百万富翁捉住母亲的手，紧紧抓住她戴着宝石的手指。

"生日快乐，儿子。"母亲说，亲了亲丈夫的嘴。

小伙子站起来，听见自己感谢他们让他过了一个愉快的生日。灯光又亮了，然后他听见母亲叫他的名字，侍者在门口说着"晚安，先生"。他过马路，在飞速行驶的车辆间穿梭。别的大学生都在海滨人行道上散步。他伫立片刻，注视着一个蹦极的人尖叫着蹿上半空。她在高处悬荡了一会儿，一个男人过去把她解了下来。

在空荡荡的海边，海潮又吞噬了沙滩。海水黑黢黢的，晚风使海面泛起了一道道白色的泡沫。他松了松领口，朝码头走去。那里停着一些游艇，帆被捆着，在水里轻轻摇晃。

父母分手时他跟外婆生活在一起，如今外婆死了。他没有一天不想念外婆。外婆说，如果人生能够重来一遍，她绝不会再返回那辆汽车。她会留下来，宁可做一个在街上拉客的妓女，也比回家强。她给丈夫生了九个孩子。当他问外婆是什么使她返回车里时，外婆说："那是我生活的时代。那是我的信仰。我当时认为自己别无选择。"外婆死了，而他已经二十一岁，在地球上占有一席之地，在哈佛拿到全"A"，在月光下的海滩上悠闲自在地漫步。

他脱掉鞋子，光脚在沙滩上行走。夜色中，沙洲上白色的海浪清晰可见，但看上去不像白天那样汹涌。他的衣服上有一股雪茄烟味儿。他把袖扣小心地放在裤子口袋里，脱掉全身的衣服，把它们放在沙滩上远离海水的地方。他趟进了翻卷着巨大白色泡沫的海浪中，海水很凉。他往远处游去，觉得身上又干净了。他用不着留在这儿。他可以给航空公司打电话，改变航班，返回剑桥。

他游到沙洲，感到非常疲倦。夜幕降临，海水越来越冷，海浪越来越大，他像往常一样在这里歇息，然后再游回海滩。他用双脚去够下面的沙地。一个巨大的海浪迎头打来，他跌倒在深深的海水中。他吞了几口水，拼命游过去，寻找水浅一点的地方，可是双脚怎么也够不到底。他本来不想喝那么多香槟的。更不想到这儿来游泳。他只想开开心心地过一个生日。他挣扎了很长时间，把脑袋潜在水下，心想如果只是喘气时才冒头可能会轻松一些。他心头一阵紧张，慢慢地，紧张变成了一种平静。为什么对立的东西总是离得这样近？就像小提琴上那些优美的高音，离刺耳只有分毫之差。他放弃努力，感到自己浮到了海面。他顺水漂着，渐渐觉得又有了点力气，便慢慢挣扎着游回海滩。海滩离得很远，但建筑群的灯光在夜空中闪亮醒目，而且越来越近。

到了浅水区，他爬上岸，一屁股瘫倒在沙滩上。他呼哧呼哧地喘着粗气，环顾四周，然而海浪已经把他的衣服卷走了。他想象着从海里爬出来的第一批生物，想象它们所拥有的勇气。他躺在那里，直到呼吸恢复正常，然后朝停船的码头走去。远处，一对夫妇正在遛狗。他顺着那些游艇往前走，一边看着甲板，终于发现一件黄色的T恤衫挂在绳子上。他把它穿在身上，却发现太短，盖不住私处，只好把一条腿伸进袖口，别别扭扭地用它遮一遮羞。

他返回建筑群，门僮把门打开。在大厅里，他摁了电梯的按钮，等待着。电梯来了，里面都是衣冠楚楚的人。一位穿红色裙服的女人看着他笑了。他走进电梯，摁了"25"。电梯里四壁都是镜子，里面的他是一个肤色微黑、瑟瑟发抖的男人。走到门前，他迟疑了，对自己说母亲会来开门。他摁了门铃，听见里面传来电子铃声。没有反应。也许他们还在餐厅。也许他们去哪个酒吧了。也许门僮会替他把门打开。他正在想要不要给楼下前台打个电话，百万富翁打开了门，看着他。

"好啊！"他说，"这是哪位呀？"

他看着像尿布一样系在他腰部的黄色T恤衫。

"玩得开心吗？"他说，"你终于在水里过了把瘾？"

小伙子闪过他，顺着走廊往前跑。走廊旁映出他奔跑的几个身影。

"你母亲都为你急疯了！"

他跑进淋浴池，站在热水下，意识到自己刚才差点儿淹死。他在那里站了很长时间，然后出来，用一件晨衣裹住自己。他在电话号码簿上查到一个电话，拿起了话筒。

"您好，"一个女人的声音说，"这里是达美航空公司。请问您需要什么帮助？"

一时间，他答不上来。母亲已经走进房间，端着酒杯站在那里。他想到了他母亲的母亲，千辛万苦地一路赶到海边，却只有一个小时，连水也不敢下，虽然她在河里游泳游得很棒。他曾经问过外婆为什么，外婆说她不知道海水有多深。

"请问您需要什么帮助？"那个声音又问。

# 妥　协

（据麦加汉的故事所写）

五天了，警长一直把那封信藏在制服内侧的口袋里。信里有个硬硬的东西，他很想打开看看，又怕知道里面到底是什么。最近，她还是照常写信过来，但语气已经有所不同，他听说另一个在学校里教书的男人，跑到她父亲的地里放马。她父亲的地在山上，那里的草并不好，还夹杂着一些灯心草。警长如果真想行动，时间已经不多了。他感到生活把他逼到了死角。

他整天都在值班。休息室里的卫兵多贺提即使发现他心情烦躁，也不敢多嘴多舌，因为警长的火爆脾气是没有人怀疑的。这是十二月的一个雨天，没有什么事可做。多贺提低着脑袋，再次检查通行证上的一些不起眼的细节。翻页时，他觉得纸张碰着他的皮肤凉飕飕的。他抬起头，略含期待地看着壁炉。炉火奄奄一息，眼看就要灭了。警长总是坚持要生火，却又不让炉火给屋里带来任何暖意。卫兵从桌旁站起身，慢慢走到屋外的雨中。

回来时，他把两块木头放在炉火两侧，警长注视着他。

"你冷了？"警长笑眯眯地说。

"跟平常差不多。"多贺提回答。

"你干吗不再往炉火前凑凑？"

"十二月了。"卫兵辩解道。

"十二月了，"警长讥讽地学着他说，"你不知道在打仗吗？"

"这跟打不打仗有什么关系？"

"这里的人就喜欢整天坐在火边。照这个样子，我们还是回西敏寺去烤火算了。"

多贺提叹了口气。"我是不是出去看看路上有什么情况？"

"哪儿也不许去。"

警长站起身，戴上帽子。帽子是新的，硬挺挺的，顶部发亮。他伸手拿过挂在门口的那件黑色大斗篷，夸张地一甩，披在肩头。他的一举一动都很有派头，由于相貌英俊，更显得风度不凡。很难把目光从他身上挪开，他绝不属于那种你可以轻易忽视的人。他尽管情绪经常变化，眼神却始终不变，总是那样蓝得逼人。那些跟他交过手的男人说，他们从来猜不透他下一步要做什么。他们还说，他的自己人也搞不懂他。他冒过许多险，表现出一种奇特的本领：能读懂对手的心思。

木头劈劈啪啪地燃着了，火光在警长制服上衣的钢纽扣上闪了一下。他弯腰卷起裤腿，夹上裤腿夹。他打开门，狂风夹着雨点，扫过石板路。警长走到外面，望望天色，站了片刻。然后转身回到多贺提面前，卫兵感到自己脑子里的东西都瞒不过他的眼睛。

"别把你的裙边儿烤煳了。"警长说完就走了出去，连门也没关。

多贺提站起身，注视着警长顺营房的那条路骑车远去。警长骑车的样子有点滑稽，但他刚才说的那句话还在耳畔回响。

世界上最容易的事莫过于羞辱别人。一天夜里，多贺提躺在床上，对着黑暗大声说出了这句话，以为身边的妻子已经睡着，没想到她居然答话了，说有时候更难的是不去羞辱别人，这是一种需要凭基督精神去克服的弱点。她的呼吸渐渐平静，他却睁着眼睛躺在那里，久久思索着这句话。这话是什么意思呢？女人的思想是玻璃做的：清澈透明，但很容易破碎，被别的更加坚硬的思想撞得粉碎。这就足够吸引一个男人，并同时把他吓坏的了。

营房静悄悄的，但绝对不平静，这里从来没有安宁的时候。冬天到了，雨水来袭，狂风在光秃秃的山坡上肆虐。多贺提有一种孩子般的冲动，想出去再拿一些木头，把炉火生得旺旺的，可是警长随时都会回来，被他发现就完蛋了。卫兵的位置朝不保夕，说丢就丢了。只要警长大笔一挥。多贺提把椅子挪到火前，想起了他的妻子和孩子。很快就要有第二个孩子了。他专注地想着自己的生活，后来意识到这么想下去不会有任何结果。他看看自己的双手，把它们伸向炉火。如果警长回来，看到他手掌里映出的火光，还不知道会说出什么话来呢。

路上，警长已经下了车，一动不动地站在紫杉树丛下。那些紫杉树是不同时期栽种的，站在树下避避风雨使他感到愉快。黑压压的雨雾仍然拍打着营房的屋顶。掠过营房屋顶的仍然是那股黑烟。他在那里站了将近一个小时，仔细观望，但是烟没有任何变化，也没有看见多贺提再到柴火棚里去。你教小狗什么样，它就成什么样。雨一停，他就从树底下走出来，推车朝镇上走去。

路上，有一对男女停在那里说话。小伙子是山上麦克马努斯家的人，靠在自行车的车座上，帽子推得高高的。姑娘笑得很开心，但一看见警长，就僵住了。

"这种天气什么也干不了，"警长气派十足地说，"在光天化日下跟姑娘调情，换了谁能不乐意呢？"

姑娘羞红了脸，转过头去。

"我得走了，弗兰西。"她说。

小伙子不肯罢休。

"你走的路不对，你知道吗？"警长问道，"难道这个国家的年轻人都不知道自己该做什么吗？"

小伙子把自行车调转了方向。

"这下你满意了吧?"他是为了在姑娘面前不丢面子才这么说的,但是姑娘已经走了。

"看到这个国家的年轻人都行动起来我才会满意,"警长说,"人们在前方出生入死,不是为了让你们这样的人闲待着的。"

我们不闲待着还能做什么呢? 小伙子想反问一句,但是他的勇气已经跟着姑娘一起离开了。他偏腿跨过横梁,往前骑去,一边喊着姑娘的名字。姑娘没有回头,警长经过时她一直低着头。警长认识她母亲,那是一个寡妇,夏天给过他黄油和大黄,但她所拥有的只是屋后一亩荒地。后来他才知道,在整个这片地区,有土地的女人几乎没有。

他骑进镇里,把自行车靠在兑格南家的墙上。后门闩着,但没有锁。他把门推开,走进一间烟雾弥漫的厨房,里面四壁都粉刷成褐色。厨房里没有人,只有一股烤面包的香味,而且似乎有人刚煎过洋葱。他突然感到一阵强烈的饥饿。从早晨起他就没吃过东西。他朝壁炉走去,望着挂在大铁钩上的铸铁平底锅,锅盖上满是炉灰。近旁,一只猫正用爪子给自己洗脸。做店面用的客厅里传来说话的声音。警长每个字都能听清。

"他不是挺厉害的吗?"

"他们到底在他身上看到了什么?"

"瞧他那副派头就知道了。"另一个人说。

"他不是穿着制服吗?"

"半夜三更躺在这样一个冷血动物身边,可真够瞧的。"一个女人爆出一阵狂笑。

警长怔住了。这种冰冷、凝固的感觉,通常会让意志软弱的人不寒而栗,但是警长反而抖擞起了精神。他觉得自己又回到了荆豆丛下,手枪射程里有一挺冲锋枪。那种熟悉的、搞秘密行动的刺激,那种不顾一切的勇气。他正想站得离店门近一些,突然门开了,那个女人走进厨房。她看见警长,并没有停下脚步。

"你好啊,警长!"她大声喊道,似乎他离得很远。

店铺里的说笑声戛然而止。只听有人粗鲁地窃窃私语,还有啤酒瓶碰撞的声音。女人拿着一块布走向平底锅,把炉火上的钩子挪开。她揭开锅盖,小心地不让炉灰掉下来,然后拿起那块面包。是一块长方形的白面包,表面深深切了一道十字。警长已经好几个月没有看见白面包了。女人用手指头敲了三次,面包发出一种空洞的声音。

警长只好把面包递给她;女人头脑清醒。这个国家像她这样的女人已经不多了。她走到店铺门口,并没有朝那里再看一眼,就把门关上了。

"那些鸽子来过夜了吗?"

"昨天夜里来的。"女人说。

"没有全来吧？"

"都在这儿呢。整整一打，刚从车里拿出来。"

"肯定能卖个好价钱。"

她把价钱告诉了他，又是一阵激奋的感觉掠过他的全身。价钱差不多是他预想的两倍，这样的放纵在他来说是从来没有过的，但他掩饰住了自己的喜悦。

"我想现在就把它们拿走。"他粗声粗气地说。

"随您的便吧。"女人说。

店铺的门突然打开，一个小男孩从店里跑进厨房，他是女人众多孩子中的一个。

"把插销插上，西恩，乖孩子。"女人说。

男孩靠在门上，把门碰上，插好插销。他凑到女人跟前，盯着面包。

"有面包吗？"男孩仰着脑袋问。男孩脸色苍白，眼睛下面有黑圈。

"等面包凉了就给你。"女人说，把面包靠在窗户上。她插上后门的插销，打开梳妆台的下部。那个小木箱用一块布盖着。女人把布掀开，警长便闻到了香味。它们底下垫着一层锯木屑，每一只都包着粉红色的薄纸。

男孩靠在桌旁，瞪大眼睛看着。

"它们是什么呀，妈妈？"

"是洋葱。"她说。

"不是！"男孩喊道。

"就是。"她说。

男孩伸手去抚摸薄纸，接着又抬头看看警长。警长感觉到男孩饥饿的眼光。他剥去每一只上的薄纸，放在鼻子上闻闻，然后撩开斗篷，从口袋里掏钱。手插在口袋里，手指莫名其妙地在信封上停留，他意识到他的手想去拿那封信。女人用一个面粉口袋把小木箱包起来，警长站在那里等着。

"你是为了圣诞节才买它们的吧，警长？"

"圣诞节，"他说，"是啊。"

女人在厨房的桌上数钱，接着警长又出钱买那块面包，女人看着男孩。男孩的脸色更苍白了，一点血色也没有。他看见妈妈用包装纸把面包裹了起来，便哭了。

"妈妈，"他哭喊着，"我的面包！"

"别闹，乖宝宝。我再给你烤一个，"她说，"警长一走我就烤。"

警长拿着包裹走出来，把它仔细地系在自行车的行李架上。他已经可以回营房了，却又回到厨房，打开门闩，走进店里。刚才那些人发现他来，立刻停止说说笑笑，他一离开又开始扯起了闲篇。

此刻看到他走进来，他们又顿住了。警长在沉默中走进店里，再次感觉到那种熟悉的距离感和优越感。他在这附近长大，他们认识他的家人，但他永远不会成为他们中间的一员。他站在柜台边，看着深色木头上的污渍。

"天气真糟糕，是不是？"

总会有人受不了这样的冷场。这种人换一个环境能把别人杀掉。

"这种天适合烤火。"另一个人说。

警长希望有人真刀真枪地跟他张嘴干仗，但是谁也没有这份勇气。在他面前，他们的谈话都无关痛痒，浮在表面。凡是重要的话，他们都要等到他走了以后才说。他在门口停住脚步，那儿有一个日历挂在钉子上。他仔细研究日历，其实他知道日子。他站在那里，看着十二月的日历，内心产生了一种强烈的信念。他打开前门，一言不发地走到外面的雨中。

"嘿！"兑格南说，注视着警长轻快地推车上路。

"谁能想得到呢？"

"如果你想了解我，就跟我一起生活！"

啤酒瓶又拿了出来。兑格南喝了一大口，直起身子，把双手背在身后。他惟妙惟肖地模仿警长，慢慢走到前边，把鼻子凑近日历。

"是十二月吗？"

"没错,警长。"

"你们说,橘子这时候熟了吗?"

他话音刚落,店里顿时哄堂大笑。每个人脑海里都在想象警长——人高马大的爱尔兰共和军——坐在那里贪婪地吃橘子。兑格南走到柜台前,闻了闻木头。然后他僵硬地转身面对那些人。

"我是不是闻到了啤酒的味儿?"

"你真应该上台表演!"

"不,警长!"另一个人喊道,"是橘子!"

兑格南继续表演。店里的笑声一浪接一浪,到女人进来时达到了高潮,她两手沾着面粉从厨房过来,问道:看在上帝的分上,你们为什么这么开心?

警长一边想象着这幕场景,一边冒雨推车返回营房。让他们笑吧。笑到最后的是他。大雨劈头盖脸地浇下来,落在自行车把上,落在他的斗篷上,落在挡泥板上。时间已近傍晚。整个星期没有一个晴天,道路变得泥泞难行。

到了休息室,他轻轻推开门,看见多贺提在椅子里睡得正香。警长蹑手蹑脚地走近桌子,拿起那一箱子纸张,扔在地上。多贺提顿时被吓醒了。

"我认为你应该趁早滚蛋了!"警长喊道。

"我没有——"

"你没有！你没有什么？"

"我没有——"

"你没有！你没有！快抬起你的屁股，回家去吧！"警长吼道。他看看记录本。"你这个懒骨头，连雨量都没有记录吗？"

卫兵还没有完全清醒，跌跌撞撞地起身，跑进雨里，查看刻度。所有这些对他来说都是新的。他回来在本子上写了个数字，签上自己的名字。

"我希望你明天状态好一些。"多贺提说，墨水把纸弄污了。

"没什么好不好的，"警长说，"别以为你今天下班早就没事了，以后会跟你算账的。"

"我不是一直守在这儿的吗？"多贺提叹着气说。

"你以为我没有注意到吗？我没有抓住过你？"

"我从来都听你的——"

"可是你有过什么用？问题就在这里。如果你是个废物，那跟在别处待着有什么两样？"

多贺提看着他，穿上外套。"还有事吗？"

"就这样吧，"警长没好气地说，"你也做不了什么事。上帝保佑，我有时候忍不住想，弄一些女人来或许还更强一点。"

卫兵穿上外套，走出去轻轻关上了门。警长走到窗边，注视着他那样急不可耐地骑车往家赶。警长知道，多贺提这份工作可丢不起。他注视着多贺提拐过了弯,才出去取煤。

这些煤是他帮助过的一个新教徒送来的。他把拨火棍深深插进火里,耙掉那些烧过的木头。他把煤块放在余火上,知道很快就会熊熊地燃起来。他把自行车推到壁炉前,解下包裹。然后,他松开裤腿夹,把斗篷挂在门后,坐了下来。终于能够独自坐下来了,真舒服。

他看着轮胎、他的双脚和斗篷上的雨滴留在石板地上的痕迹。他看着他留下的这些痕迹,直到炉火使屋里变得暖洋洋的,地面被烤干。然后,他脱掉制服上衣,拆开那封信。信一展开,戒指就掉进他手里,而他的手已经等在那里。他扫了一眼戒指,开始看信:

十二月九日

亲爱的迈克尔:

我认为我们不可能继续交往了。我等了很久,这枚戒指,我曾以为是你爱情的信物,如今只是一件饰品。一切都跟我以前期待的不一样。我曾以为现在我们应该已经结婚,在一起共同生活了。我不知道你在那里做什么,也不知道你为什么不来找我。你肯定觉得不愿继续保持跟我的婚约,我也认为我们俩不再合适。

我们应该决定是合是散了。我认为再拖下去毫无意义。听说你在跟别的女人勾勾搭搭。上个星期和上上个星期,有人在麦克圭尔家外面看见你。如果你已经变心,应该及时告诉我。我把戒指随信奉还,愿上帝保佑你跟我们一样健康无恙。

苏珊

不出他的所料,她在催他了。他为自己的判断正确感到欣慰,同时又郁闷地发现,其实他希望不是这样。希望总是最后死去的东西。他从小就懂得这点,当兵后又亲眼目睹了这点。他把戒指举到火边,凝神看着。他没有想到上面的宝石这么小,细细的金环上有累累的划痕,似乎她干活的时候并没有把它取下来。他没有再读一遍,信的内容已经很清楚了。他把信照原样折好,放进沉甸甸的金属箱里,锁了起来。他把钥匙和戒指放在桌上,挽起袖子。

这时候房间里已经很暖和,自行车的链条也干了。他把车子颠倒过来,一只手慢慢转动脚蹬子,把油罐的嘴对着链条。他给自行车上油,看着链条一圈圈转动,轴链的结构那样完美,齿轮的运转那样奇妙,令他感到惊异。在某个地方,有个男人相信他能揪着头发把自己拎起来。他也曾在脑海里想象这情景,也曾试图让这样的事发生。给自行车上油,唤起了他擦枪时的那种熟悉的愉悦:把布头塞进枪管,金属的光泽那样独特,子弹滑进弹膛时那样顺溜。每个零件跟别的零件都那样吻合,缺一不可,使得整体的运转那样舒畅。

小时候，他打翻了桌上的糖碗。糖撒在地上，没法从碎玻璃碴里捡出来，白白浪费了。他现在还能清楚地看到，糖撒在石板地上，那样触目惊心。妈妈把他拖到屋外的自行车旁，转动车轮，揿住他的手指贴近辐条。煎熬的时间那样漫长，那种钻心的疼痛，不亚于她把他活活肢解。这是他早年得到的教训之一，他一辈子都不会忘记。

现在，他对拥有这辆自行车感到一种孩子般的骄傲。他把车子放正，给轮胎打气，打得浑身发热才满意。他相信轮胎能吃得住他的重量，载他跑远路了，便把自行车靠在桌旁。他从面粉口袋里拿出小木箱，坐在了壁炉前。

伸出手去时，他有过迟疑，但那橘子拿在手里沉甸甸的。皮很难剥，他大拇指的指甲在果肉上留下了油渍。他尝了一口，果肉又甜又苦，籽特别多。他把每粒籽从嘴里掏出来，扔进火里。制服上沾了果汁，他会留张纸条，叫多贺提拿到兑格南家的女人那儿去熨一熨。第一个橘子还没咽下去，他已经伸手去拿第二个了。这次他把大拇指的指甲紧贴果皮，以免弄破果肉。橘子皮在煤炭上变焦、皱缩，变成炉火的一部分。

他对女人的了解掠过他的脑海。他试着把她们挨个儿想一遍——说过什么，具体穿的什么衣服——可是她们全在他脑子里混成了一个人：长筒袜顶部的赘肉，轻浅的喘息声，头发里的麦芽醋味儿。所有的一切这么快就结束了。他吃着橘子，想着这些女人，得出的结论是她们之间没什么差别。当最后一粒籽丢进煤火里时，他吃撑了。

"又是一个灾难。"他对着空荡荡的屋子大声说。

墙上的钟嘀嗒嘀嗒地走着，大雨猛烈地敲打营房的门。他烧掉小木箱，把煤渣扔进余火里。他确信他这个晚上的所作所为没有留下任何证据了，便点亮蜡烛，爬上楼去。他觉得身上微微发抖，烛光也跟着摇曳不定。他没脱衣服。他就这样爬到床上，伸手去拿闹钟。他转了几圈，感到弹簧绷紧了，一种熟悉的冲动袭来，他真想一口气把弹簧拧断，但他像往常一样克制住这种欲望，吹灭了蜡烛。然后他翻滚到冰冷的床中央。他闭上眼睛，那种熟悉的忧虑像幽幽的湖水一样在他脑海深处闪烁，但他很快就睡着了。

天蒙蒙亮的时候，他摸索着来到外面的厕所，感到那些橘子在他体内穿肠而过。这使他有了一种满足，一瞬间唤醒并加深了他的放纵感。他回到屋里，把灯点亮，沏了茶，在一些白面包上抹了黄油。他从架子上取下剃刀，在皮带上磨了磨，开始刮胡子。镜子里闪过一些暧昧不明的影子，但他不予理会。他洗了脸，换上那套体面的褐色西装，拿了戒指和钥匙，出门看看天气。不下雨了，但天边堆积着团团乌云。

他给多贺提写了张纸条，夹好裤腿夹，把斗篷披在肩头。他骑上坐垫,感觉到弹簧被他的重量压得变了形。他确保戒指和钥匙都带在身上,便站在脚蹬子上开始骑车。不一会儿,他就费力地骑行在山间,心里清楚他逍遥自在、跟女人打情骂俏的日子即将结束。他内心一阵发冷。这种感觉对他来说是新的,像所有的新感觉一样使他焦虑不安,但他还是往前骑着,心里斟酌着怎么说话。当他骑到她所在的那片乡村时,才逐渐意识到下雨了,他听见哗哗的雨声,看见雨点像珠子一样砸在手把上。

他进入她那个小镇,看见了灯心草,知道下面的泥土很浅。他嘴里带着苦涩的滋味,面对那片大山,可是没等骑到一半,就累得气喘吁吁,只好下车。他继续往前走,可以感觉到自己的将来:女人瘦骨嶙峋的手在面包上敲出空洞的声音,男孩带着饥饿的眼神,跟她要面包吃。

## 花楸树的夜晚

很久以前,住在这个国家的人都要洗脚,就像现在一样。每次洗过脚,都应该把洗脚水泼出去,因为脏水是绝不能留在家里过夜的。老辈的人总说,如果把洗脚水留在家里,没有泼出去,就会发生不幸的事;他们还说,把洗脚水泼出去的时候要说一声:"海链子!"以免某个倒霉的人或幽灵挡在路上。不过那都无关紧要,我还是继续讲我的故事吧……

——摘自爱尔兰童话《洗脚水》

神父死后不久,一个女人搬进了神父在杜纳山岗上的那座房子。这是一个挺拔精瘦的女人,显然不习惯海边的生活:她把洗好的衣服挂在晾衣绳上,不出五分钟,衣服就被风刮到沼泽地那边去了。玛格丽特·弗拉斯克没有帽子,没有胶鞋,也没有男人。褐色的头发长长的,像水草一样,松松散散地披在她背上。她穿着一件非常合身的羊皮长大衣,当她眺望人间时,目光中带着一个历经磨难的女人的那种严厉。她搬到杜纳山岗时还不到四十，但已经过了怀孕生子的年龄。她很多年前就丧失了这种能力，而她总是把这怪罪于那个花楸树的夜晚。

神父的房子矗立在山岗的最高处，旁边就是电线杆，傍晚时电线杆把影子投进她屋里。这座房子跟另一座同样大小的木屋连在一起，它们就像两只静止的野兔，俯瞰着马赫崖下。她来的时候是秋天。燕子早就飞走了，零零星星留在枝头的黑莓也开始腐烂。房子里弥漫着神父的气味。玛格丽特把她不要的东西都拖到沼泽地里，点火烧了。出于迷信，她留下了神父的衣服。如果把他的衣服扔掉，神父在另一个世界就不必光着身子了。她用一桶白色乳胶把天花板和墙壁统统刷了一遍，给地板和门阶消了毒，她使劲地擦窗户，直到玻璃在抹布下发出吱吱的声音。她虽然不是从克莱尔来的，但也知道肮脏的房子里不会发生什么好事。

擦好烟囱，她穿过田野走向一户冒烟的农舍。不一会儿，她就端着满满一锹通红的炭火跑回来了，两条长腿笨拙地跨过沼泽地。从那之后，烟囱里便总是冒着烟。她出门和睡觉的时间都不会长到让火熄灭。实际上，她喜欢星星还在天上的时候就起床。看着星星滑落使她感到一种满足。她相信自然的力量，打定主意要避免厄运。她已经尝到了厄运的滋味，所以，现在她从不在星期一倒炉灰，路上碰到干活的人总要问候一声。她往壁炉里撒盐，在卧室墙上挂圣布里奇特十字架，密切注意月亮的变化。

房子打扫干净后，她开车下山，从海边绕到埃尼斯蒙。道路狭窄、陡峭。她可以听见沼泽水在沟渠里哗哗流淌。石墙那边，瘦骨嶙峋的小牛和一群群长毛绵羊在啃食草皮。小马站在那里，臀部对着风，好像风能使它们受孕似的。每一种动物似乎都能飞，或即将展翅高飞。

有一次，玛格丽特很小的时候，她妈妈到诺克去朝圣，回来时带了一根棒棒糖和一把伞。玛格丽特等到一个有风的日子，打开伞，从锅炉房的墙上跳下，相信自己能飞起来，结果掉在汽车道上，摔断了脚踝。如果成年生活里的那些靠不住的念头也能这样一下子被推翻就好了。作为一个成年人，很大程度上就是在黑暗中摸索。

到了村里，一个疯疯癫癫的白发老汉站在桥上指挥交通：

"快！快！冬天马上要来了！"

她买了面粉、糖、燕麦、脱脂牛奶和茶、豌豆和黄豆、土豆和咸鱼，带回家来，烤了一块面包。五点钟的时候天黑了，她来到外面，撩起裙子蹲在草地上。她想在房子周围的每一棵草上小便，她也说不清是为什么。山岗上的草很高，有一股臭味。杜纳岗是个奇怪的地方，没有一棵像样的树，秋天也看不到一片枯叶，只有亮闪闪的沼泽地，还有那些海鸥，嘎嘎尖叫着在变幻的云层下盘旋。这片地貌看上去如同金属，而玛格丽特的家乡有那么多橡树和白蜡树，因此在她看来这里显得很空洞。夏天不会有树荫，八月份也不会有金黄的麦田。而在东部，飘落的树叶早已遮天蔽日，小牛牵进了谷仓，挤奶的母牛拴在牲口棚里。

第二天早晨，玛格丽特出门倒炉灰，一阵风刮来，炉灰迷住了眼睛。她回到屋内，决定尽量待在那座房子里，不去伤害任何人，也不让任何人来伤害她。一旦发生这样的事情，她就搬家走人。她会顺着原来的方向，乘船去阿兰岛，往西能走多远走多远，只要不离开爱尔兰。不过在那之前，她会尽量跟人保持距离，因为人除了麻烦还是麻烦。

不是每个男人都会磨镰刀和割草的。斯塔克，住在隔壁的那个四十九岁的单身汉，是个秃头，有一双灰色的小眼睛。他从生下来就跟父亲一起在这片土地上劳作，直到父亲去世。父亲走的那年他三十八岁，现在他拥有整个这片沼泽地，还有卖泥炭的收入。他不是一个人过日子，家里还有约瑟芬，那头皮毛光亮的褐色山羊，负责管家。白天，约瑟芬盯着炉火出神，夜里，它霸占着一大半床铺。斯塔克每天给它挤奶，给它的奶头上抹棕榄油，而且每次到镇上都不忘给它带无花果面包卷。他向乐辛奇外一个小农场主的女儿求婚，已经求了二十年，请她吃了六百二十四顿周日晚餐，可是她连裙子边都不让他摸一摸，也从不把挡住眼睛的头发往后拢一拢，让他把她好好端详一下。有一次她喝得微醉,他们坐在她家后门外的车里,他把手放在她光裸的膝盖上,但仅此而已。最后,她却跑去嫁给了一个卖石头的人,于是斯塔克就通过《农夫杂志》上的一则广告找到了约瑟芬。

斯塔克什么都舍不得丢弃。备用的房间里堆得满满当当,父亲的钓鱼竿,母亲的缝纫机,除草剂,果酱瓶,老旧的固体燃料烤炉。他从小到大穿过的衣服全都留着,从宝宝外套,到最近刚刚嫌小的裤子。他把门关着,因为约瑟芬喜欢进去啃他母亲的凉鞋。

斯塔克不愿意自己变得跟那些年轻人那样。年轻一代不会抓鱼,也不会给牛奶脱脂。他们开着自己买不起的汽车兜风,带着没吃过一滴母奶的小孩子,帽子落地的那点工夫就上床鬼混。实际上,帽子落地的速度都没有他们快。他们嘴对着瓶口喝啤酒,从美国和布拉格回来找匹萨吃,分不清金苹果和维多利亚李子的区别。现在,隔壁住进了一个女人,她把神父的那些好家具一把火烧掉,披头散发地在路上走,好像家里连一把梳子也没有。

时间一天天过去,杜纳山岗上什么事也没发生。从大西洋来的风把云吹向这边又吹向那边,吹得电线杆发出奇怪的哨音,吹得大门敞开。牛羊纷纷逃散,跑得漫山遍野,又被抓了回来。邮差几乎从不在玛格丽特家门前停留,除了送电费账单。一次,一个中年男人来敲她的门,请她签名请愿填补马路上的坑洼。她签名的时候,男人的目光上上下下地打量她的身板。

"你是神父的亲戚吗?"他问。

"怎么,我跟他像吗?"

他抬头看着她的鼻孔,吉卜赛人的眼睛,性感的嘴。

"你跟谁都不像。"他说,然后就到隔壁找卖炭人签名去了。

玛格丽特睡得香,吃得简单,坚持走到海边再返回来。有时,她一直走到马赫,站在悬崖边往下看,吓唬自己。有时,她在那里被雨水浇湿了头发和羊皮大衣,她想起了神父。

神父是她的大表哥。那个时候,他每年夏天都到他们家来晒干草。他总是好天气来,和她一起并排坐在干草堆上,挖土豆,胃口大开,把青葱拔出来生吃。玛格丽特还是个十几岁的少女。那时候,天空很蓝。他也年纪轻轻,说他们将来要结婚,获得主教的允许,养一些短角牛,养两个孩子,再养一窝鸽子。玛格丽特仿佛看见他从田野上走来,手里拿着一把丁香花,夸赞说这片草地无与伦比。然后,他就去了神学院,成了全家人的骄傲,他们不再称呼他的名字。

"再来点卤肉吧,神父?"

"您认为有林伯这个地方吗,神父?"

"我父亲说了他去哪儿吗,神父?"

他仍然每年夏天回来晒干草,但再也没有坐在沟渠边,给她梳理打结的头发，谈论他们将会拥有的孩子。一个个夏天过去，干草整整齐齐地堆在厩楼上时，全家人不再放唱片，也不再打开烈性黑啤酒，而是跪下来，回答他的玫瑰经文。

玛格丽特不让自己去想神父。散完步，她坐下来，把脚泡在一盆肥皂水里，听凯尔特广播，或抱着热水瓶钻到他的床上，调整灯的角度，让光线照在他的书上。有时，她看到他在一段文字下画了横线，但那些话并没有太大的意思。她在这座房子里看到的东西都没有什么意思。有时，她在床边看见他的身影，感觉到他冰冷的存在给她的生活投来阴影，又一次看见他敞开的领口，袖子上沾的草籽，但那只是他的幽灵。

入睡前，她偶尔会猜测墙那边的邻居在做什么，但从不会往深处想。她不让自己深想任何事情。往事已经发生，再用语言说出来显得毫无意义。往事是很狡猾的，慢慢地往前移动。它到一定的时候会赶上来的。而且，还能怎么做呢？后悔改变不了什么，悲叹只能让一切重新袭上心头。

毫无疑问，她是人们好奇的对象。有人说她家的人都死了，神父是她的叔叔，同情她的遭遇，就把房子留给了她。还有人说她是个富婆，丈夫跟一个妙龄女郎跑了，伤透了她的心。在深夜的酒吧里，大家都知道神父曾经爱过她，她怀过神父的孩子，后来失去了，那时候神父说是出去传道，实际上并没有出去传道。

万灵节之夜，上次给她炭火的那个中年男人来敲她的门，玛格丽特只是站在那里，隔着窗户玻璃看他。最后，他走了。女人们说，她肯定正处于更年期：

"新月对她那样的女人有特别厉害的影响。"里斯杜瓦纳的一个女人说，一边摸着一棵卷心菜枯萎的菜心。

"哦，没错，"另一个女人说，"月亮会像潮汐一样牵制她。"

斯塔克像每个根本不了解女人的男人一样，相信自己对女人非常了解。从里斯杜瓦纳开车回家，约瑟芬蹲坐在副驾座位上，他心里在想玛格丽特。

"如果那个女人喜欢上了我，"他说，"那不是很可怕吗？她只要砸开两座房子之间的那道墙，就彻底毁了我们平静的生活。"

她只需要找个理由来敲他的门。只要她有理由敲门，他相信自己就会让她进来。只要他让她进来一次，她就会进来第二次，然后他就会迷上她，然后麻烦就开始了。一个需要一根蜡烛，另一个想借一把铲子。女人会带来许多可怕的麻烦：她会逼着他穿配套的衣服，逼着他洗澡。每当天气晴朗，她会逼着他开车载她去海边野餐，篮子里装满香蕉和金枪鱼三明治。还会追问他去了哪儿，实际上他哪儿都没去，只是去杜林酒吧坐了坐，或去艾尼斯加了点油。

十二月带来了雨水。玛格丽特从未见识过这样的雨。不是从天降落，而是乘着狂风横扫过来。窗户上结了盐花，空气里有一股海草的气味。镇上的人开始喝酒,鸟儿饿着肚子。人们玩飞镖赌火鸡和篮子,一会儿吵架,一会儿和好。女人把枯死的冷杉树和冬青树搬回家里,在屋檐下挂了五颜六色的彩灯。孩子们拿起纸笔,给北极写信。邮差忙得跑断了腿,而玛格丽特连一张卡片也没收到。

圣诞夜的前一天晚上,她走到悬崖边又走回来。她给母亲写了一封信但没有回音。母亲也许死了,而她不会知道。海潮汹涌,吞噬着陆地。她到家的时候,全身都湿透了。带咸味的雨水使她感到又冷又热。天黑了,神父住宅里没有亮灯。停电了。玛格丽特把泥炭扔进火里。泥炭还没有干透,在炉栅里不死不活地闷烧,没有燃成火焰就变为了灰烬。她渴望木柴,渴望粗粗的石蜡树枝,她能用斧头把它们劈开。她幻想自己在一个晴朗、降霜的早晨,在外面劈柴,把木柴码在墙边,幻想它们散发出的气味和热量。可是杜纳山岗很少见到木柴。沉默寡言的母亲曾用爱尔兰语唱道:

*将来没有木头可怎么好?*
*森林的末日已经来到。*

那天夜里,玛格丽特点亮一根蜡烛,把脚泡在一盆肥皂水里,注视着闷火燃烧的泥炭。她不知道神父是不是下了地狱。神父相信有来世,相信有上帝、天堂和炼狱,相信所有的一切。他说一个人如果不相信地狱，那么相信天堂就没有任何意义。玛格丽特不知道自己会不会跟他一起下地狱，但似乎她更有可能变成一头发情的公羊，或一株牛舌草。

她喝了两瓶黑啤酒，感到往事潮水般涌来，所有那些夏天，那些孩子气的海誓山盟，彼此说着将来要结婚，然后他就走了，全家人目睹着他被授神职。他回来晒干草，却连手都不握一下，吃着她做的小羊肉和欧芹酱，独自在田野那边的树林里漫步。她曾经在楼梯上、在牛房里、在后院的小径上碰到过他，洋地黄把排水沟染成了粉红色，但他径直从她身边走过，只微微点点头，就好像她只是昔日那个她的一个影子。

后来，一天晚上，一场大阵雨突然从天而降。房子里阴沉沉的，草都割下来了。

"我们完蛋了。"她父亲站在窗口说。

"只是一场阵雨。"母亲说，总是试着安抚他。

"认倒霉吧。我早说过今天不应该割草的。我有没有说过不应该割草？"父亲希望雨下得更猛些，好证明他是对的。

"明天就是晴天了，肯定。"

"你说什么呢，娘儿们？我们完蛋了。"

玛格丽特出了家门，冒雨朝树林走去。她总是觉得在外面要稍微安全一点。被雨打湿的花旗松看上去几乎是蓝色的。空气里弥漫着潮湿的蕨草芳香。野菖蒲在带雨的微风中颤抖。她在长着花楸树的那片空地上停住脚步。花楸树银白色的树枝欣快地颤动，叶子簌簌发抖。那边的小路上，神父一边走一边抽着烟，开领衬衫湿漉漉地贴在肩膀上。她之所以让他看到自己，只有一个原因，她想问问他那个简单的问题，为什么他从来不肯与她对视，问一问她的情况？难道，那个曾经口口声声要娶她的男人，连一声问候都不能有吗？她追上他的时候，他使她明白了原因。他们一言不发地躺在潮湿的草地上，当他把自己的种子播进她的体内时，她就知道她要为此付出代价。事后，他站起身，在树丛间踱来踱去，抽了一根烟。然后就转过身，一言不发地走了。

玛格丽特起身时夜色已浓。她走回家，一边仰面注视着树梢，以及树枝后面那一轮细细黄黄的月亮。这个经历并不特殊。它跟可能发生的事情没有什么两样。

她有时会幻想，如果当时没有让神父看到自己，她现在会在哪里，会做什么。她一直不敢往任何方向迈出一小步。神父给她的最大教训，就是小小的一步会导致怎样的后果。她望着壁炉台上的钟，回过神来。洗脚水凉了。她擦干双脚，为了不让自己哭出声来，她骂了几句，在椅子上睡着了。

醒来时，火已经差不多灭了，蜡烛烧得一点不剩。外面，海滩上的房子里没有一丝灯光。杜林和乐辛奇村仍然一片漆黑，只有最后四分之一的冬月照着她的园子。邻居家的那头母羊后腿站立，吃着它能够到的所有东西。玛格丽特没有力气去把它赶开。月亮和云看上去一动不动。圣诞节快到了。她擦干双脚，爬到神父的床上，梦见自己是一个男人。

梦里有一个厩楼，地板上冒出野草。草比房子还高，草梗倒向西，倒向东，又倒向西，其实那里并没有风。玛格丽特仰面躺着，身上只穿着一条男裤，她把手放在下面，摸到的不是阴茎，而是一条肥肥的蜥蜴，连在她的身体上，肌肉强健的尾巴来回甩动。一个跟她长得很像的女人从另一个世纪过来，穿着一种打结的衣服。女人看见蜥蜴，并没有退缩，而是把它放进自己体内，玛格丽特醒来后，摸摸身体，想知道自己有没有真的变成男人。她看看手，欣喜地吃了一惊，因为她看到了血。她还以为一切都结束了呢。她起了床，走进浴室，给自己洗了洗。

天快要亮了。颤动的窗帘周围是灰蒙蒙的天光。这座房子四面通风。外面狂风呼啸。玛格丽特习惯了风把门前的蒿草刮得倒伏在地，但听不见风在树林里呼啸总令她觉得别扭。她永远都不会习惯杜纳山岗了，她知道没有种子会在这房子周围扎根发芽，长成一棵枫树。此刻，她能闻到自己的血腥味儿。这么说，她仍然是个育龄妇女。就在她这么想的时候，看见了那盆洗脚水。她打开后门，把它泼向风里。风太大了，发出像男人一样的喊叫声。

就在那天夜里,在那道墙的另一边,斯塔克睡不着觉。这种情况常有。他不知道别的男人是不是真的一夜安眠,早晨醒来神清气爽。有的夜晚,他愿意醒着,知道别人都在梦中。他会坐在炉火前,吃奶油小圆面包,跟约瑟芬一起看电视。有的夜晚,他渴望有另一人和他做伴,一个能换电视频道、能烧水的人。他给约瑟芬盖上自己的大衣。约瑟芬的蹄子在颤抖。它总在做梦,在梦里吃东西。天气好的夜晚,他有时戴上帽子,穿上大衣,到沼泽地去散步。

那天夜里停电了,他喝了五杯热威士忌,回忆着往事。什么也比不过往事:母亲发现他用左手做事,哈哈大笑;父亲教他刮胡子;那年夏天,他们在沼泽地里都被晒伤了,轮流涂抹炉甘石液。多么奇怪,竟然听见父亲唱歌,那歌声使母亲绯红了脸。可是现在他的父母都死了。当他脚步有点跟跄地朝玛格丽特家走去时,心里在想死亡,在想他自己有一天也会死。他相信自己会孤独地死去,无人知晓,直到约瑟芬把门啃掉,有人在路上认出它来,但是,至少死亡是确定无疑的。每个人都需要确信一些事情。它能帮助你发现生活的意义。

他走到玛格丽特的后门口,站在那里听着。没有一丝动静。天渐渐亮了,悬崖那边可以看见太阳的光芒,但还看不见太阳本身。没有人知道他在这里。他喜欢站在这个女人的门口,知道她在里面安稳地熟睡。他站了很长时间,想象她是他的。接着,后门打开,玛格丽特走出来,睡意蒙眬,端着一盆水,径直泼在了他的脸上。

他返回家,脱掉衣服。约瑟芬已经上床了。他躺在它旁边,觉得脑袋发晕,身上一会儿烫一会儿冷。他开始出汗,放屁。他感到一直在嗓子眼里的那块石头越变越大,滑进了肚子里。他在马桶上坐了很长时间,把它拉了出来,结果发现竟然有啤酒瓶那么大。他照镜子,里面盯着他的是一个陌生人。那个陌生人老得他认不出来,嘴唇张着。

他睡着了,梦见玛格丽特穿着一件熊皮衣,骑着约瑟芬穿过克莱尔的沼泽地。她大腿和胳膊上的肌肉很发达。他跟着约瑟芬的脚印走到海边。女人用一条沾水的皮鞭抽打约瑟芬,催它往海里走,约瑟芬就载着她走向大海。浪涛汹涌。斯塔克站在岸边,大声叫约瑟芬回来:"喂,约西!回到我身边来!约西!"但是约瑟芬的身影越来越小,最后,他看见玛格丽特来到伊尼莫的海岸,周围是一些双手发红的男人,牵着约瑟芬的缰绳,用巧克力引诱着,把它带走了。

醒来时,他感到自己像个全新的男人。已经是夜里十一点了。圣诞夜他睡了一整天。他简直不敢相信,约瑟芬站在他身旁,轻轻啃着他胳膊上的软肉。他打开门,把它放了出去。玛格丽特·弗拉斯克真够野的。他不是看见她皮大衣下面没戴胸罩吗?她不是在外面小便吗？她从床上起来时不是明明知道他在那儿，听见他的喊声，却连眼睛也不眨一下吗？

圣诞节那天的早晨，他洗了个澡。万圣节之后他就没洗过澡。电还没有来。他用煤气烧了热水，差点儿搓掉自己一层皮。他擦了鞋子，在炉火前给约瑟芬挤了奶，把一块牛肉放进炉子里。他不知道自己为什么要照镜子、洗澡，也许就是因为圣诞节吧，他感到年轻，精力充沛。如果头发没掉就好了。他的父亲一直到躺进棺材的那天头发还很浓密。殡仪馆的人给父亲梳了头，放在门厅里，但是斯塔克在葬礼结束之前一直没哭。

此刻，他从冰箱里拿出一条鳗鱼，放在平底锅里煎。这是伊尼莫镇的鱼贩子送给他的圣诞礼物，那个鱼贩子知道斯塔克喜欢吃鳗鱼。斯塔克相信鱼还没有坏。他看着黑色的鳗鱼在锅里扭动，看上去像活的一样，一时间，连他自己都不能肯定了。他振作起精神，理清思路，顺着小路朝神父的宅子走来。

玛格丽特还没穿衣服。她在给自己挠痒痒，胡思乱想。她喜欢在早上穿着睡衣一边喝茶，一边想心事。她去了厕所，弄清自己还在流血。真奇怪，她居然又在排卵了。抱窝孵蛋该是多么美妙啊。她像一只母鸡似的想。小时候，她曾经跟了一只母鸡好几天，把帽子拉下来挡住眼睛，以为这样母鸡就看不见她，然而玛格丽特最后还是没有找到鸡窝。母鸡带着她转来转去，然后就钻进蕨草丛里消失了。过了些日子，母鸡突然走进院子，后面跟着一窝十一只小鸡。

只要我能找到合适的男人，玛格丽特想，我就可以有孩子。男人既讨人嫌，又不可缺少。有了男人，她就不得不催他去洗澡，逼他使用刀叉。她把一条毛巾撕成两半，给自己做了个月经带，把水壶烫了烫，等着茶叶泡好。玻璃窗外，站着隔壁的那个单身汉，穿着衬衣，盯着她看。她想站到窗口去，用目光把他逼退，但这是圣诞节，出于一般的礼貌，她把门打开了。单身汉看上去倒满整洁，但身上有一股子怪味儿。

"我叫斯塔克。"

"斯塔克？这叫什么名字？"

"我是你的邻居。"他说，指了指自己的房子。

"是吗？"

"这叫什么圣诞节啊，连电也没有，怎么做饭？"

"没关系。"

"过来吃早饭吧。我有煤气。"

"你有煤气！"玛格丽特笑了起来。

"是啊。"

"我不饿。"

"你不饿。嘿，那倒不错。你不知道月亮有变化吗？"

"月亮？"玛格丽特说。他知道月亮的什么情况？

"穿上你的羊皮大衣，好娘儿们，"他说，"快点，不然锅就烧焦了。"

她没有动脑子。她拿来羊皮大衣和靴子，跟着斯塔克顺着小路走向前门，门在铰链上一开一合。他的前院都是羊粪蛋儿。门廊里摆满了自行车零件，还有一辆拖拉机的驾驶室，厨房比大海还要黑。就着煤气灯的灯光，她看见铁铲铁锹靠在烟囱墙上，横梁上挂着一把大镰刀。一条活蛇正在油锅里煎着。桌上有切得厚厚的黑面包，还有一管人造黄油。玛格丽特只穿着睡衣和大衣，感觉自己比渡鸦还要可爱。我在排卵，她想。我在流血。我的一切并没有结束。这一天要发生什么事就尽管发生吧。

斯塔克把一袋解冻的豌豆举到蜡烛前，读上面的烹调说明。

"我最好把它们做了，免得浪费。"

玛格丽特坐在那里就能看见烹调说明。也许他快要瞎了。再看看他收着的这些东西：贝壳，一九八五年的日历，瓶盖，废电池，已故主教的画像。还有一张斯塔克二十岁左右、头发茂密的照片，三张圣心图片，气压计，在窗户里面、电视后面，有一个防止窗玻璃起雾的电扇。看来，他愿意知道谁在路上走动，她想。透过一扇开着的门，她看见一张没叠被子的大床。她闻到了山羊的气味。也许那头羊跟他一起睡觉。想象一下吧。

"别介意家里乱,"他说,"家里没有女人。"

"是吗?"

"唉,我曾经有过一个女人,但现在我不后悔没有娶她。她太能糟蹋钱了。"

"也许你应该给自己找个有钱的女人。"

"女人有钱,就不会要我了。"

"为什么,你有一条腿是假的?"

他笑了起来。这是一种奇怪的笑声,悲哀多于喜悦。一时间,她想象着他的生活,对他产生了同情。一个人知道另一个人在经历什么吗?

"没有,感谢上帝。从你的样子看,你的两条腿也不是假的。"他脑子里把两个人联系起来,加在一起。

"你肯定很早就离开学校了。"玛格丽特说。

"何以见得?"

"除了你学的那点加法,他们后来教得更复杂。"

"什么?"他说,"你嘴皮子够快的。"

他说这话时,她又回到了花楸树下。她和神父都无法控制自己。她感觉到他在她身上,气喘吁吁,翻滚下去,给自己拉上拉链,满面羞愧。还有那份激动:十年了,坐在干草垛上,吃小洋葱,他把初开的樱草花放在她的自行车座上。他违反了禁欲的誓约，倒似乎有可能履行别的誓约。那天夜里也流血了。她看见他脑袋后面花楸树上黄灿灿的果实。

"约瑟芬比爱尔兰的随便哪个女人都懂事呢。"斯塔克在说话，朝扶手椅的方向点点头。

黑暗中，那头山羊正在那里瞪着她。山羊的眼睛很吓人。斯塔克伸手从一幅画像后面拿了一根冬青树枝。玛格丽特以为他要递给自己，不料却给了约瑟芬，它把树枝吃了。

"你是从什么地方来的？"他问。

"威克洛。"

"那里都是直接喝羊奶的，"他说，"怪不得呢。"

"你请我进来就是为了侮辱我？"

"这很容易，你太骄傲了。"他说，用叉子戳了戳鳗鱼，"好了。拉一张椅子过来。"

她不想拉椅子，不想坐在那个可怕的地方，吃油煎的蛇，墙上还挂着那么多死人的像。唉，她在指望什么呢？圣诞节的早晨，一个女人，差不多只穿着睡衣，跟一个男人进了他的家门，会发生什么呢？但是她闻着烤肉和面包的香味，注视着茶壶在冒热气。她昨天没吃东西。牵引我们的不是心，而是胃，她想。她庆幸房间里很黑，看不见肮脏的程度，她可以眼不见为净地吃喝。约瑟芬坐在桌子底下，享用它那份涂了黄油的面包。

"大多数人都养狗。"玛格丽特说。

"什么也比不上羊!"斯塔克说,滔滔不绝地聊起了他最喜欢的话题,"羊的好处说不完。羊什么都吃,哪儿都去。羊的个头比任何狗都大一倍,像个暖气炉一样,走到哪里,就把哪里给烤暖和了,最主要的,我有奶喝。你喜欢喝山羊奶吗?"

"不。我听人说,用羊奶洗礼的孩子是高贵的。"

"是吗?"他注视着炉子里的牛肉。牛肉开始嗞滋作响,他把火关小了点。"你是那种迷信的女人吗?"

她嘴里塞满了,没法回答。鳗鱼很好吃。有一次,母亲带她到购物中心吃饭。那里的人餐很便宜。一位邻居走进来,要了吃的。他脸色苍白。母亲注视着他把食物端到一个角落里,背对着所有的邻居。母亲说:"你看见那边那个男人了吗?如果看见那样的人,你千万别去招惹他,等他吃饱了再说。那样的男人是危险的。"玛格丽特觉得自己现在就像那个男人。她喝了茶,吃了几片面包,还吃了大部分鳗鱼肉。

斯塔克看着她的大鼻子、长头发,给她把茶杯加满。他又切了些鳗鱼肉,注视着她。她吃饭的时候,他忍不住猜想他们一起拥有的孩子会是什么模样。

"你想念你的家乡吗?"

"我想念那些树,"她说,"我想念白蜡树。"

花楸树,白蜡树,都是一样的。

"啊,那可不能怪你,"他说,"白蜡木生的火,什么也比不上。"

玛格丽特咽下最后一口食物,端详着他。她看着他的灰眼睛。他看上去挺体面,她何必在意他的古怪呢? 她认识的所有好人都是古怪的。

斯塔克继续跟她说说笑笑。他批评年轻人、泥炭、爱尔兰总理,谈到新年计划,谈到要把皮肤晒黑。当他停下来喘气时,玛格丽特回家了。

他是个孤独的男人,玛格丽特想,而且很性急。但那头山羊!她对那头山羊可没兴趣,端着身子坐在黑暗里,活像个巫婆。

玛格丽特回到自己家,房门大开,一窝黑乎乎的杂种小狗在地板上跑来跑去。它们啃掉了她从图书馆借来的书的边角,爬到每件家具上,在她漂亮的白床单上留下脏兮兮的爪印。一只小黑狗颠颠地跑过来,舔她的手,摇晃着尾巴。她把它翻转过来,看见它肚子底下有一根阴茎。她把它扔了出去,想到了斯塔克。她怎么也不明白,她怎么会跟着一个素不相识的人进了他家,吃光了那些很可能下了毒的食物。她仍然可以看见那颗硕大的秃头,还有他伸手去拿冬青树枝的样子。

那天夜里,她看见孩子们在围堵那些小狗,到处是口哨声,手电筒的亮光，还有那些绿眼睛像魔鬼一样奔来窜去。她在神父坟墓那儿漫步的那个夜晚，墓地里也有狗。这么说，它们回来了。神父嫉妒了，但神父已经死了。她感到冷得要命，就在睡衣外面罩了一件羊毛衫。她没有办法烧水灌一个热水瓶。她在烛光里坐着，直到蜡烛燃尽。然后她摸索着走进卧室，躺在黑暗中，现在她知道墙的那边是什么了。

圣诞节后酒吧开门，就传出了闲话。有人看见那个姓弗拉斯克的女人只穿着睡衣从斯塔克家出来。斯塔克肯定把她给抢了，他们说，因为那件羊皮大衣不见了。斯塔克抱着她穿过自己家院子，进了她家。有人说故事到这里就结束了。

"看来，他肯定在喝肉汤了。"杂货店老板说。

"他是不是需要爬梯子才能够到她的裤子？"

"啊，我们躺下来都一样高。"一个老头儿说。

"想象一下这两人光身子的样儿，"布店老板娘说，"还不把对方吓得够呛。"

"那也不及那女人受的惊吓大。"拍卖商说，他拼命想加入谈话，可是牙疼得够呛。

"应该是小小的惊吓吧，"酒吧女招待说，她是单身女人，年纪越来越大，却假装不在乎，"两颗冰雹加一根老鼠尾巴。"

"你肯定知道。"他们都说。他们心里清楚，酒吧女招待认为，跟斯塔克一起住在上面的木屋里，夏天看着下面的游客，那小日子也是很舒服的，他又那么有钱，除了她自己和约瑟芬，不会有别的花钱的地方。

杜纳山岗上，烟一直在冒。玛格丽特在超市里买了两盒卫生巾，又惹得女人们闲话纷纷。

"杜纳岗可能还会有孩子呢！"

"斯塔克当了爸爸多骄傲啊！"

"春天不是要来了吗？"

玛格丽特在阵雨的间歇中出去散步，记录她的排卵和月亮的变化。白天变长了，但傍晚的时候，红红的太阳总是沉入大海。岸边漂浮着肮脏的泡沫。石南长势茂盛，像毛发一样蓬蓬勃勃，铺满了整个沼泽地。游客漫无目的地逛进杜林镇，寻找爱尔兰音乐和贻贝，询问去圣井的路怎么走。男人们从都柏林来，在乐辛奇的高尔夫球场比试球技，丢了球，又找到了别的球。一个搭顺风车旅游的人敲响玛格丽特的家门，用德语口音问往东怎么走。玛格丽特往家乡的方向指了指，那个年轻女人便朝田野走去了。

情人节的那天，她走到屋外，看见前门口放着一堆白蜡木柴。是斯塔克夜里放在这里的。他喝醉后打了个电话，到利姆里克用两车泥炭换了那堆木柴。

玛格丽特钻进车里，沿路开往伊尼莫。在狭窄的路上遇到另一辆车，躲闪不及。两辆车都撞掉了后视镜，停下来，彼此耸耸肩，继续上路。快到小镇时，桥上那个男人示意她停下：

"卷心菜七棵一镑！"

人们在买卡片、红玫瑰。玛格丽特买了一把斧子，回到家，花一上午劈那些白蜡木柴。那天夜里，她生了一堆熊熊的旺火。她坐在炉火前，把脚泡在水盆里，浑身冒汗。她喝着买来的雪利酒（本来是打算做甜点的，却一直没做），想起了她的儿子。他活到现在该九岁了。孩子死前的那天夜里，她听见了斑螅①的声音，但以为是一只野猫。那天夜里孩子在摇篮里睡得很沉。他总是睡得很沉，使她感到害怕。有时她把手放在孩子嘴边，看是不是还在呼吸。那天夜里，她几次把手放在他的嘴边，第二天早上，他身体冰凉，嘴唇发青。她把钟停了，抱着他跑进树林。她在那里待了一夜，最后还是回家来面对现实。

"婴儿猝死，"医生说，"这是常有的事。"

她永远不会原谅他。说到底，她不是一个容易原谅的人。原谅可能意味着忘却，而她情愿守住她的痛苦，她的回忆。但她总是责怪自己。

---

① 爱尔兰和苏格兰民间传说中的女鬼，其显形或哀嚎预示着家中将有人死亡。

孩子生下来不久，一个洛斯莱尔的渔民来找她。

"我听说你有一个胞衣，"他说，"我想用我所有的钱换它。我父亲和我唯一的兄弟都淹死了。"

"我不能卖。"

"如果你让我买到那个胞衣，我出海就安全了。"

"不管是为了爱还是为了钱，我都不会卖它。"

"哦，我只能给你钱。"他说，然后就走了。

她知道不应该拒绝他，但就是舍不得。后来孩子死了，她把胞衣扔进了火里。最让她感到难过的，是孩子没有做过的那些小事情。他从来没有迈出过一步，也没有爬过树，见识过一个下雨的夏天。她本来以为未来的日子肯定是厨房桌上铺着家庭作业，练习本上标着金星和银星，门后面一根脏兮兮的棒球棍，还有给他量尺寸做衣服。结果，这个未来被涂掉了，消失了，如同某种无声无息从视野里消失的东西。

二月转为气候多变的三月。玛格丽特的迷信加深了。她在杜林镇的酒吧坐下来，要了一碗汤，却看见一只猫背对炉火蹲在那里，她赶紧跑出来，又订购了一些煤。下雨之前山总是显得距离很近，黑黢黢的。一天早晨她醒来，看见一只乌鸦栖在衣柜顶上。她开车去了教堂，点亮一根蜡烛，保佑她孩子的灵魂。这是她第一次去那个教堂。一个老妇人跪在忏悔室外。玛格丽特在圣安东尼脚下点亮蜡烛，跪在长凳前，凝视着讲道台。她想象着神父站在那里布道，而她肚子日渐隆起，里面怀着他的孩子。她本来没有打算祈祷，可是当她抬起眼时，膝盖酸痛，那个妇人已经走了，孩子们正在排练他们的初次圣礼。她注视着每个男孩，寻找那张她永远不会见到的面孔，她在门廊的圣水盆里把雪利酒的瓶子灌满，然后走过了广场。

一辆大篷车停在蔬菜摊旁边。招牌上写着：诺兰夫人，占卜算命。玛格丽特一直走到饭店，要了一条油煎鲱鱼。外面，乌鸦们似乎焦躁不安。吃完鲱鱼，她想喝点东西，却不知道该要什么。他们都把威士忌存在家里，给生病的牛喝，私酿酒是用来安抚灰狗的，除了圣诞节和庆祝干草晒好时喝点黑啤酒，平常没有任何酒。别人很少上他们家来，一旦来了，就喝病牛的威士忌，事后父亲总要抱怨他还得出去再买一些。

她走到吧台，指着一个瓶子。标签上写着"意大利茴香酒"。她说要一大杯。服务员问她是不是想喝纯的，她说是的，以为他指的是某种酒杯。酒喝起来像甘草，清除了鲱鱼留在嘴里的味道。进来的人都看着她。她看得出他们心里在想什么。就是这女人怀过神父的孩子。就是这女人一个人住着。这就是斯塔克看上的那个姓弗拉斯克的女人。后来她再也受不了，就站起来，出门朝大篷车走去。

她蛮不情愿地走进烛光映照的车里。诺兰夫人正在吃一块岩皮饼，用手指尖把里面的葡萄干挑出来。她金黄色的头发，皮肤抹成棕黄色。桌上放着一壶茶。

"你想算算命吗，亲爱的？"

"我也不知道。"

"进来吧，没有坏处的。"她的收音机里，威利·内尔森正在唱一首歌，意思是以自己独特的方式去爱某个人。"我来看看你的茶叶。"

玛格丽特喝着茶，两人闲聊了一会儿天气。女人是雨水专家。跟另一个人说话的感觉真陌生。自从圣诞节后她就没跟人谈过话，她觉得，要弄清对方话里的意思，弄清自己的意思，同时还要避免其中可能产生的误会，实在是太费劲了。诺兰夫人掏出一面镜子，给自己抹口红。

"我看起来怎么样？"

"很漂亮。"

然后她拿起玛格丽特的杯子，轻描淡写地开始解读茶叶。

"我看见一个死孩子，是一个当地人的。我看见财产，山上的一座房子，还有极度的羞愧。其实没有必要羞愧。孩子的死不是你的错。我看见七这个数字，还有一个名字里带一个Ｓ的男人。你已经认识这个男人了。你的记忆里有树。你像骡子一样固执。不要待在你现在住的地方。那座房子后面有阴影。你必须用爱尔兰语抚养你的下一个孩子。这头山羊是谁? 这里有嫉妒,我不明白。"

"我的邻居有一头山羊。"

"很危险,这头山羊。还有,你的生育能力失而复得。这点是很清楚的。你家里人的心肠怎么这么硬? 他们都为了这个神职人员而抛弃了你。再要一个孩子吧,"她说,"现在正是时候。下一个孩子会使你的生活有意义。有了孩子,你就不会再从悬崖边往下看了。但是要把他的胞衣给下一个渔民。上次你拒绝的那个人淹死了。"

"不可能。"

女人不说话了。

"太可怕了。"玛格丽特说,低头看着自己的脚。

"你还想问什么吗?"

她一时说不出话来。后来问道:"你看见我母亲的什么消息吗?"

"你母亲? 你母亲已经去了一个更好的地方。"

玛格丽特谢过她,把兜里的钱都给了她。开车回去的时候,道路显得更陡,树篱显得更高。马匹看上去大得惊人。她用了好几分钟才把钥匙插进锁眼,开门进去后,她脱掉衣服,坐在炉火前。她不知不觉就躺到了地板上,后来尝到咸味,才发现自己在哭。她开始嚎啕大哭。斯塔克听见她的哭声穿透石墙。

几个小时后，她又出来了，身上只穿着那件宽大的羊皮大衣和那双皮靴，顺着道路朝悬崖走去。斯塔克跟着她，但是他的腿不及她长，直到她在马赫崖停住脚步，他才追了上去。她趴在湿漉漉的草地上，从悬崖边往下看。过了很长很长时间。天渐渐黑了。斯塔克远远地站在那里，盯着她的脖子后面，后来她转过脸来对着他。她看上去有点疯狂，但声音很平静。

"我曾经爱过他。"她简单地说。

"我知道。"

"我失去了他的孩子。看。"她解开两粒纽扣，给他看剖腹产的伤疤。

"那肯定很惨。"

"是的，"她说，"惨极了。"

海浪不断在海面上掀起。风不大，但一直不肯停。他们俩，谁都不愿意事情就此停止。斯塔克希望自己有一头浓密的头发。他后悔不该在农场主女儿身上浪费那么多年的时间。

"我从来没有爱过谁，"他说，"我身边只有约瑟芬。"

"那会让我心碎的。"

他转向她。"你的心已经碎了。"

听了这话，她对他立刻产生了好感。她回头看着大海。海面并不汹涌。每个波浪似乎都在悬崖前刹住脚步，在旅程即将结束时放慢速度，而后面的波浪只顾往前冲，似乎没有从前面的波浪那里得到任何信息。

"你肯定觉得很奇怪，我把这些事情告诉你。"

"我想是的。但我大概永远也搞不懂女人了。你告诉我：什么样的女人在外面小便？"

玛格丽特笑了起来。她把脑袋和肩膀探到大西洋上空，让笑声飘落。她不怕苍茫的大海，也不怕高耸的悬崖。她的笑声坠落时，斯塔克发现自己非常怕她。

"快走吧，"他说，"天黑了。"

他们往家里走。刚才说了那么多话，现在不知道该说什么。几个市政工人正在结束一天的工作，铺撒最后一点滚烫的沥青。

"上帝保佑你们！"玛格丽特说。

工人抬头看着她，抬了抬帽子。

从远处看，杜纳山岗上的两座房子好像合二为一了，玛格丽特烟囱里的烟环绕着几扇亮灯的窗户。斯塔克不愿意结束这次散步，上山时故意放慢脚步，但玛格丽特没有改变自己的步伐去迁就他。她继续往前走，两条光腿走着山路，散乱的头发四下飞舞。到了杜纳山岗，她没有向他道一声晚安，就走进自己家，把门关上了。

夏天到了,雨渐渐停了。燕子飞回来,找到它们的旧窝,忍冬藤爬满沟渠,石南开花了。一个星期二的早晨,一位陌生人敲响玛格丽特的家门,是个黑头发的男人,满脸愁苦。

"我听说,"他说,"你会治牙疼。"

玛格丽特并不感到吃惊。"严重吗?"

"我都快疯了。"他一屁股坐在地上,双手捂住脸,哭了起来。

玛格丽特出门抓了一只青蛙。

"把它的后腿放进嘴里,别咬伤它,你就不疼了,"她说,"如果你把它咬伤,牙疼会加倍。"

他抓住青蛙。"把它的后腿放进我嘴里?"

"对。"

"好的,"他说,"我什么都试试吧。"

"你是怎么知道我的?"

"大篷车里那个姓诺兰的女人告诉我的。她说你是第七个孩子,会治病疗伤。"

他拿着青蛙走了,四天后,她收到了她来杜纳山岗之后的第一封信。

亲爱的弗拉斯克小姐:

我自己也不知道是怎么回事。那天早晨看见你之后,我的牙就不疼了。那只青蛙在接雨水的木桶旁住下了。非常感谢。

约翰·麦卡锡
拍卖商

那天晚上，一堆白桦木送到了她家门口。

"这是怎么回事？"玛格丽特说。

"不知道，"开货车的那家伙说，"是牙疼的那个人送的。我只知道这些。"

很快，整个教区的人都来找她了。生疖子的男人，不想再要孩子的女人，特别想要孩子的女人，还有一个圣诞节那天出生、能看见鬼魂、不肯吃饭的孩子。有人嗓子眼里堵了瓦片、泥团和石头，有人膝盖出了毛病，还有人觉得牛栏里闹鬼。玛格丽特把双手放在这些陌生人身上，感受他们的恐惧，他们的恐惧使她感到害怕。人们走的时候满怀信心，他们的疾病和幻觉消失了。她早晨醒来会发现后门外新放了马铃薯、大黄，一罐罐果酱，一袋袋苹果，还有木柴。她的梦变得像地狱里烧焦的门一样漆黑。她开始告诉上帝她很后悔，开始很晚才睡，当她醒来时，邻居家的女人在那里煎咸肉、煮鸡蛋、聊天。不认识的男人们来给她清理房顶上的青苔，给大门装上新的铰链，给窗户上涂抹新的泥灰。

玛格丽特开始害怕自己的死亡，天黑后在房子周围到处小便。

这仍然让她感到满足。一天夜里，一个有钱的男人问她能不能把他的老朋友变成一头老母猪，她再也忍不住了。她跑去告诉了斯塔克。当他们笑够了的时候，斯塔克想到她用皮鞭抽打约瑟芬，然后岛上的陌生男人把她领走。梦里的男人数量比他多。这是梦里最让人难受的部分。他突然知道她会离去，远走高飞，这想法令他难以忍受。她脱掉了靴子，在他的厨房里搓自己的脚。她的脚比鞋盒子还大，使他想起了一首歌。

"你这双脚真漂亮，"他说，"上帝保佑它们。"

她没有回答。她只是保持沉默，坐在那里看着他。他在沼泽地里干活显得很强壮。他家的墙上有钟，有太多的钟。她意识到她已经好几个星期没有给钟上发条了，似乎那样就能让时间停止。她不愿意时间停止，但是那些陌生人不断地来，手掌里布满了仇恨和痛苦，虽然一半的人她都叫不出名字，但这是会传染的。她想起了那个姓诺兰的女人，想起她说的关于孩子的话。

"我的卵子没问题。"

"你的卵子？"

"到床上来一小时。"

他们走进卧室时，约瑟芬躺在被子下面。斯塔克想把它抱走，玛格丽特哈哈大笑。他解开纽扣时，她看见了他的阴茎，想起了梦里的那条蜥蜴。起初他不知道该怎么做，但是本能占了上风。约瑟芬拼命想挤到他俩中间来。后来玛格丽特醒来时，斯塔克走了，山羊盯着她看。床上一股可怕的羊膻味儿，到处是毛。

玛格丽特回到自己家，吃了两个红色大马哈鱼罐头，连皮带骨头，伴着一品脱的脱脂牛奶。她照照镜子。她的眼白像雪一样，皮肤变成了在海风里生活的女人的皮肤。

第二天早晨，她走进斯塔克家。他没有睡觉，和约瑟芬在沼泽地里溜达了半宿。

"你有长柄大锤子吗？"她说。

"没有。"他说。

"没有？"

"但我很清楚你在想什么。"

"是吗？"

"我也一直在捉摸这事。"

"你反对吗？"

"不，"他说，"这不是合情合理的事嘛？但是应该由我来做。"

"不。"她说。

玛格丽特开车去伊尼莫，买了大锤子。她开车在路上的时候，心里猜测神父会怎么想。他会看着她有血有肉的身体在他房子里走来走去，肚里怀着另一个私生子。他仍然会懊悔那天不该对她动手，然而是他的软弱，也是他的宿命，使他伸出了手。他比她年长十岁，违反对神的誓言的不是她，而是他自己。而且，因为孩子的死，她不是已经付出了代价？那不是她的错。那个吉卜赛女人不是说了吗？那不是她的错。

到了伊尼莫，桥上的疯汉示意她停车。

"路上有鸵鸟！"他喊道，"减速！"

她庆幸世界上有疯子。她注视着疯汉，不知道她自己是不是也有点疯。她拐过街角，看见鸵鸟在大马路上散步。人们站在人行道上看着鸵鸟通过，一个梳辫子的小姑娘用一根棍子去赶它们。原来，疯癫和头脑清楚并没有什么差别，玛格丽特想。有时候每个人都是对的。大部分时候，不管是疯癫还是清醒的人，都在黑暗中跌跌撞撞，伸出双手寻找他们并不知道是否需要的东西。

她怀上孩子了。她知道这点，正如在圣诞节的那天早晨，她知道门口台阶上的不是风，而是斯塔克，是斯塔克在喊叫。

玛格丽特回到家，把神父的床从屋里拖出来，一直拖到田野里，浸上石蜡。起初烧得很慢，后来火焰腾起，一转眼就变成了一堆灰烬。她回到屋里，开始在两座房子的隔墙上凿出一个窟窿。斯塔克站在自己的房子里，站在墙边，心里感到害怕。这堵墙一倒，一切便跟以前不一样了。他能感觉到玛格丽特·弗拉斯克的悲哀。她的悲哀无法比拟。还有她的力气，玛格丽特的力气比得上两个男人。她的腿和胳膊跟他梦里是一样的吗？他站在那里，听见灰泥脱落，然后砖石松动。

她干了半天。当她看到墙另一边的亮光时，想起了小时候复活节的早晨妈妈把她唤醒，让她看到太阳升起，见证基督的复活。她从墙上的窟窿钻过来时，斯塔克在唱歌。

"他们说克莱尔的人有音乐天赋。"她说。

"他们说威克洛的人直接从山羊的奶头喝奶。"

"所以我们长得这么漂亮。"

"你是个十足的女人。"

"你说这孩子能活下来吗？"

"不知道。"

"你什么都不知道？"她说。

"是的。"

"我也是。"

"我们真是有福啊。"


约瑟芬不喜欢新的安排。斯塔克似乎不再爱它了。他给它挤奶时不再把手焐热，而且忘记在它的奶头上抹棕榄油。那个女人偷走了它的奶，还把它拴在他的床柱上，对斯塔克说它应该待在牲口棚里。约瑟芬产羊羔的时候,玛格丽特早早就给羊羔断了奶,然后用绳子牵着它去找山外一头发情的丑陋公羊。

斯塔克从没吃得这么好。玛格丽特做黄油,烤面包,用约瑟芬的羊奶做奶酪,剩下来的时间就用来吃巧克力。斯塔克可供不起她巧克力,这就像把饼干扔给约瑟芬。他下山到店里去,带回来的是巧克力威化饼和麦丽素,他发现她又把他母亲的一件东西拖到了沼泽地里,放火烧掉。她总是在放火,挺着大肚子,磕磕碰碰地走来走去,然后跑出去把吃的东西全部吐掉。而且她天黑后总是去外面小便。

无论是白天还是黑夜,整个教区的人都来找她:每个男人、女人和孩子,希望摆脱幽灵和牛皮癣。壶里总在烧水,茶壶端来端去,可怜的约瑟芬被捆了起来,囚禁在牲口棚里。就连神父也来了,说他有一条腿不听使唤,玛格丽特能有什么办法吗?

玛格丽特看得出斯塔克在想什么,当他想心事的时候,她就用纸牌赢他,让他劈一大堆木柴。她把电视机扔了出去,圣诞节不让他把冬青树弄回家,他吃东西的时候她盯着他看。夜里,她离他远远的,表现得像那个小农场主的女儿一样坏,说句公道话,那个女人至少没有把吃进去的晚餐吐出来。

人们说,如果不把洗脚水倒到外面去,就会倒霉。他们说男人不应该独自生活。他们说如果看见山羊在吃酸模草叶,天就会下雨。玛格丽特在神父的家里分娩。那天，十三个女人和九个孩子，拿着剪刀，端着热水，在房子里跑来跑去，叫斯塔克离远点，不要碍手碍脚。他和约瑟芬坐在自己这边的房子里。玛格丽特的尖叫声把整个教区都震动了。斯塔克仿佛早在几个小时前就听见一记巴掌和小孩的哭声，然后一个女人的声音说："……很容易看得出来，她这不是第一次。"

虽然斯塔克认识了一个女人，但他越来越清楚地意识到，他永远也不会弄懂女人。她们能嗅出雨味儿，能看懂医生的笔迹，能听见草的生长。

玛格丽特给儿子取名迈克尔，用一罐约瑟芬的羊奶给他洗礼。当一个渔民从伊尼莫过来，想买胞衣时，她一分钱也不肯收。她邀请渔民进屋，把他当成贵客，给他做了雪利酒蛋糕和奶油冻。他们一直聊到深夜，斯塔克累了，上床睡觉。他醒来时，玛格丽特还坐在椅子上，迈克尔在渔民的怀里睡得正香。

那个时候，两座房子都像抛光的木头一样干净。以前是两个烟囱在杜纳山岗上冒烟，现在只剩了一个。木头和泥炭靠在他们的山墙上。女人砸开的那个大窟窿镶了木头门框，装了铰链，安了一扇门，平常开着，有时关着。斯塔克看上去年轻了。有人看见他在伊尼斯刮脸，坐在理发店的椅子里，脖子上围着毛巾，嘴里在讲一个黄色笑话。

玛格丽特努力摆脱她的迷信。她开始相信，任何东西，只要你不信它，它就奈何不了你。可是，不管她怎么改变做法，都改变不了她的本性。她在杜纳山岗生活的这么多年里，从不自己点火，从不忘记在二月份拔灯心草，而且，不管她怎么努力，都没法在星期一去倒炉灰，哪怕走到晾衣绳那儿也必须把钳子放在婴儿车上。

即使偶尔漆黑的暗夜会想起神父，她也不往深里想。上帝的安排真是奇妙莫测。如果她没有失去神父的孩子，就不会继承他的房子。如果她没有继承他的房子，就不可能在那天夜里洗脚，而且可能会记得把洗脚水倒到外面去，而不是把它像恶咒一样泼到斯塔克身上，然后吃他的圣诞节煎蛇，怀上他的孩子。想想吧，她竟然爬上了那张床，躺到了山羊身边。你知道他们是怎么说山羊的：据说山羊能看见风。玛格丽特也能看见风。梦里，她看见风吹动了花楸树，那些果子变成一滴滴血珠，落满了她曾经躺过的草地。

至于那个孩子，他一点也不像斯塔克。许多年里，斯塔克等待着亲生儿子身上出现他的蛛丝马迹，却始终没有等来。这并不令他意外，只令他费解。那孩子好像是跟玛格丽特一个模子刻出来的，是她下出来的蛋。玛格丽特是一个很凶的母亲。斯塔克看见，她朝那些抚摸孩子头发的邻居露出凶相。她什么都由着孩子。孩子还在襁褓里的时候，她一直抱在怀里，直到把他宠坏。斯塔克几乎一分钟也没法合眼。玛格丽特似乎不需要睡觉。她天不亮就起来了，每过五分钟就要检查一下孩子是否还在呼吸，然后又倒下去做梦，梦里使劲踹他，经常逼得他起身，回到自己的旧床上去。

迈克尔没有爬过。一天，他突然从椅子里站起，走到大门口又走回来。还有一天，斯塔克进来给约瑟芬挤奶，却发现奶头里一滴奶也没有，全被男孩吸干了。男孩壮实一些后，就跟斯塔克一起到沼泽地去，用杆子撑着跳过沟渠，在湿地里趟来趟去，从生下来后一天也没病过。他只吃炸鱼条、萝卜和甜品，他骑着约瑟芬在门前的草地上跑，买来鸭子，用自己的婴儿车推着它们在杜纳岗狭窄的道路上走来走去，长得像木桩子一样高。他可以把自己的名字倒着写、反着写。他无聊的时候就编故事、说谎话，睡梦中在房子里乱逛。玛格丽特不肯让他去上学，说那个教区里的人能教他的东西，她都能教得比他们更好。

迈克尔满了七岁，玛格丽特不再给教区居民治病疗伤，驱魔降妖。她已经受够了他们，而且她知道，如果送孩子去上学，孩子就会受苦。可是克莱尔的人很久以后才死了心，不再送果酱、柴禾和鲱鱼给玛格丽特·弗拉斯克，并且开始与她作对。一天早晨，她起床后发现信箱里塞满了孔雀毛。还有一天早晨，她汽车的轮胎都被轧扁了。她自己什么都能忍受，但总是担心孩子遭到不测。

她还没走，斯塔克就知道她是要走的。一天夜里，她让火熄灭了，第二天早晨，斯塔克发现自己朝海边走去。他希望事情发生时他能在场。他站在水边,朝西凝望。四下里风平浪静。不一会儿,一艘渔船驶进杜林,船上都是岛上的人,一条小船被放进了海里。那些陌生人慢慢地朝岸边划来,船桨整齐地插入腥咸的海水。靠岸后,他们抬了抬帽檐,但没有说话。一个男人看着有点面熟。斯塔克转过脸,玛格丽特正直视着他,然后她趟水过去,一言不发地上了小船。男孩在哭,但斯塔克知道他不会哭很长时间。他把他的儿子抱在怀里,然后放他走了。

这是一个晴朗的早晨,海面像镜子一样。没有什么能阻止他上船,根本没有。那些男人等了一会儿,似乎只需登上那条船,被其他男人用力划出的浪花带走,下半辈子就能幸福。然而,斯塔克站在岸边,注视着他唯一爱过的女人从视野里消失。时间并不长。在靠近海岸的地方,两只海鸥在水面盘旋,嘎嘎尖叫,似乎下面有什么只有它们才能看见的东西。斯塔克注视着海鸥,直到眼睛发酸,然后返身爬山回家。

到了家里,他给约瑟芬解开绳子,很快约瑟芬就把前腿搭在桌上,把剩下来的大黄馅饼全吃光了。馅饼边缘还留着玛格丽特拇指的指纹。他很高兴还有约瑟芬。他至少可以满足它的需要。他坐下来,久久地望着空荡而整洁的屋子。阳光照在茶壶盖上,照在油地毡上,照在擦得锃亮的木头家具上。这么说,玛格丽特走了。他不是一直知道她要走吗?那个梦不是告诉他了吗?可是他无法评判她，甚至在她牵着他儿子的手，跟着陌生人划船离开的时候。说到底，分隔他们的只是一道深深的海水，他很容易就能越过去的。

约瑟芬把盘子舔得干干净净，眼巴巴地看着斯塔克。斯塔克跟着它走进他们以前的卧室，关上门，闭上眼睛。明天他要下山到杜林去，买一袋水泥，把墙再砌起来。他还要买一瓶威士忌，几个无花果面包卷，并把电视机留在那里修。他不会闲着的。冬天就要到了。泥炭就会让他整天忙碌，并保持健康。将会有冬天的漫漫长夜和风暴，抹去并唤回他的记忆。他虽然不再年轻，但眼前的日子还是有把握的。不过，即使他能活一百岁，也不敢再在夜里跑去一个女人家，或让她端着洗脚水靠近自己了。